MASSIMO CARLOTTO
FRANCESCO ABATE

Ich vertraue dir

Buch

Gigi Vianello hat den Dreh raus: Gutaussehend, charmant und mit der zum Erfolg nötigen kriminellen Energie ist er auf dem Weg nach ganz oben. Manipulierte Lebensmittel sind das Geschäft der Zukunft, so viel hat Gigi begriffen. Und Sardinien ist der perfekte Ort, um tonnenweise chemisch verseuchte, gepanschte oder einfach nur minderwertige Ware unter die Leute zu bringen oder weltweit zu verschiffen. Da Gigi also aus eigner Erfahrung weiß, von welcher miserablen Qualität die alltäglichen Lebensmittel sind, erschafft er sich eine private Oase: Er kauft sich ein Nobelrestaurant, in dem er nur einwandfreie Produkte verarbeiten lässt. Praktischerweise hat er sich auch gleich die bildschöne Betreiberin des Gourmetlokals unter den Nagel gerissen. Während sie mit großer Hingabe dafür sorgt, dass das Restaurant zum renommierten kulinarischen Treffpunkt der Reichen und Schönen wird, kann sich Gigi in Ruhe dem Wachstum seines geheimen Imperiums widmen. Doch dann macht er einen entscheidenden Fehler. Auf einem opulenten Fest der sardischen High Society fällt ihm eine schöne Frau auf. Und da Gigi stets das Abenteuer sucht, setzt er seinen ganzen Charme auf sie an. Mit sofortigem Erfolg: Nach nur wenigen Minuten vertraut ihm die Frau namens Mariuccia Sini ihr größtes Geheimnis an und bittet ihn verzweifelt um Hilfe. Gigi möchte ihr keinen Wunsch abschlagen – doch er ahnt nicht, dass ausgerechnet Mariuccia das Lügengebäude seines Lebens ins Wanken bringen wird.

Autoren

Massimo Carlotto, geboren 1956 in Padua, ist einer der wichtigsten Autoren Italiens und wurde für seine Krimis mit vielen Preisen ausgezeichnet. Er lebt heute auf Sardinien.
Francesco Abate, geboren 1964 in Cagliari, Sardinien, ist Journalist und Autor und hat bereits mehrere hoch gelobte Romane veröffentlicht. Nachts arbeitet er als DJ in den Clubs von Sardinien.
»Ich vertraue dir« ist das erste Gemeinschaftsprojekt der Autoren.

Massimo Carlotto
Francesco Abate

Ich vertraue dir

Roman

Deutsch
von Ulrich Hartmann

GOLDMANN

Die Originalausgabe erschien 2007 unter dem Titel
»Mi fido di te« bei Einaudi, Turin

MIX
Papier aus verantwortungsvollen Quellen
FSC® C014496
FSC www.fsc.org

Verlagsgruppe Random House FSC-DEU-0100
Das FSC®-zertifizierte Papier *Holmen Book Cream* für dieses Buch
liefert Holmen Paper, Hallstavik, Schweden.

1. Auflage
Taschenbuchausgabe April 2011
Wilhelm Goldmann Verlag, München,
in der Verlagsgruppe Random House GmbH

Umschlaggestaltung: UNO Werbeagentur München
Umschlagmotiv:
Gemälde von Guillaume Romain Fouace (1827-95)
© Musée d'Art Thomas Henry, Cherbourg/bridgemanart.com
IK · Herstellung: Str.
Druck und Bindung: GGP Media GmbH, Pößneck
Printed in Germany
ISBN: 978-3-442-47383-0

www.goldmann-verlag.de

I

Die Mama war schön. Ich schielte nach ihr, seit wir in unseren Autos nebeneinander auf Grün warteten. Schön, wie man sie in der Werbung für hausgemachte Pasta sieht.

Die Frau war schön, wie man hier unten viele trifft. Erstklassige Frauen, die Körper geformt in der Sonne und im Beautycenter. Geschliffen von der Brandung des Quarzstrands und stundenlanger Wassergymnastik. Ein verbessertes Naturprodukt, bei dem jeder den Kopf verlieren konnte.

Die Mama war schön. Der Rotzlöffel nicht.

Der Junge, der mir durchs Rückfenster Grimassen schnitt, musste alles vom Vater haben; er war hässlich, und das würde sich in Zukunft nicht bessern.

Er machte einen schiefen Mund und zog ihn mit seinen winzigen, mageren, knochigen Fingern in den Winkeln unmäßig auseinander. Sie sahen aus wie die Krallen einer kleinen Fledermaus oder die Klauen einer Kanalratte.

Ich sah ihn unfreundlich an, damit er aufhörte, ich fand es eklig und unangenehm, und es lenkte mich davon ab, die Mutter zu beobachten, die mit einer Kette herumspielte und dabei mit der Hand ihren von einer hellen, die Figur betonenden Leinenbluse kaum verhüllten Busen streifte. Ich stellte sie mir nackt vor, unter der Dusche, wie sie sich einseifte und ihre Haut sich unter der Wirkung des Sandelholzschaums entspannte. Ein Duft nach Erde, aber auch nach Meer, nach Essen, bei dem es etwas zu kauen und zu lecken gab.

Der Junge hörte mit einem Mal auf, sich wie eine Schlange zu winden. Die Ampel zeigte Grün. Doch die Autos auf dem Weg zum Strand von Pula bewegten sich keinen Millimeter voran. Weder meines noch ihres. Die Straße war verstopft, wie jeden Samstagmorgen. Niemand wagte auch nur, seinem Ärger durch Hupen Luft zu machen; eine überflüssige Geste. Über unseren Köpfen wurde es wieder Rot, und der Junge begann einen Schokoriegel auszuwickeln. Ich lächelte ihm zu.

»Iss, mein lieber Junge, iss«, dachte ich.

Ich hatte die Verpackung erkannt. Der Hersteller war einer meiner Kunden. Jeden Monat belieferte ich ihn mit einigen Doppelzentnern Eiprodukt. Es stammte von einer Recyclingfirma aus der Gegend von Turin, die faulige, zerbrochene, von Parasiten befallene Eier nicht entsorgte, sondern einfach von Putreszin und Cadaverin säuberte und in einen Brei verwandelte, der in handliche Fünf-Kilo-Behälter gefüllt wurde, um sich dann in die Knetmaschinen der Süßwarenindustrie zu ergießen. Und der Riegel war wohl gar nicht schlecht, wenn man sah, wie genüsslich der Junge jetzt mit großer Gier hineinbiss, ohne auch nur einen Krümel auf die Sitze fallen zu lassen. Der Eigentümer der Firma hatte niemals Fragen zur Qualität des Produkts gestellt, doch der Preis und das Fehlen von Etiketten auf den Behältern erklärten schon alles.

»Iss, mein lieber Junge, iss.«

Die Autoschlange begann sich endlich in Bewegung zu setzen, und ich verabschiedete mich mit einem Winken von dem Bengel. Auf gewisse Art war auch er einer meiner Kunden.

Gern wäre ich ihnen gefolgt und hätte vielleicht mein Strandtuch wenige Schritte neben ihren Sonnenschirm gelegt. Das Übrige wäre ein Kinderspiel gewesen. Doch für mich war keine Urlaubszeit.

Wenn dies ein Film gewesen wäre. Wenn dies die Szene eines Films gewesen wäre, hätte jetzt die Filmmusik eingesetzt und die Bilder kommentiert. Vielleicht ein lang gezogener Ton und ein mitreißender Song. Vielleicht *Starman*, mit der jungen Stimme von David Bowie. Aber es war kein Film, und es gab keine Musik.

Ich erreichte den Industriehafen, wo ich eine Partie von zweitausend Tonnen Hartweizen aus Kanada zu verteilen hatte. Es handelte sich um Kategorie 5, die unterste, für Futtermittel bestimmt. Die kanadischen Behörden hatten den Handel wegen Verseuchung mit Ochratoxin verboten. Sie fürchteten, Kühe und Schweine könnten Krebs davon bekommen. Bevor das unter der Flagge von Hongkong fahrende Schiff in Sardinien vor Anker ging, hatte es den Hafen von Bari angelaufen, wo achtundfünfzigtausend Tonnen, bestimmt für verschiedene Mühlen und Teigwarenfabriken der Gegend, gelöscht worden waren. Ich hatte es geschafft, mich in das Geschäft einzuschalten, doch der lokale Markt konnte wegen der geografischen Grenzen der Insel leider nicht über eine gewisse Menge hinaus aufnehmen. Mit Reis ging es besser. Im Hafen von Rotterdam kamen regelmäßig mit gefälschten Zertifikaten versehene, angeblich nicht genmanipulierte Partien aus den Vereinigten Staaten an, und ein kleiner Teil davon ging jeden Monat an mich, nachdem er von einer Firma bei Novara verpackt worden war, damit ein original italienisches Erzeugnis daraus wurde. Auf dem Kai traf ich meine beiden Vertrauensleute.

»Wir sind perfekt im Zeitplan. Unsere Lastwagen sind abfahrbereit.«

Peppino Floris, ein drahtiger Vierzigjähriger, hielt in der rechten Hand ein Funksprechgerät, in der linken ein Klemmbrett mit den Lieferscheinen. Es herrschte eine Bullenhitze, doch er, in seinem leichten blauen Maßanzug – bei seiner zierlichen Statur hätte er in keinem Laden etwas Passendes von der Stange gefunden –, zeigte keinen einzigen Schweißtropfen. Er wirkte weniger wie ein Mensch als wie eine gesalzene schwarze Olive. Dürr, klein, zäh genug, um eine eigene Finanzierungsgesellschaft auf die Beine zu stellen und mit Erlaubnis des Gesetzes den Schuldnern mit Krediten die Luft abzudrücken.

Sein Funksprechgerät vibrierte und krächzte: »Dottor Floris, wir warten nur auf Ihre Anordnung, um uns in Bewegung zu setzen. Wenn Sie uns Dottor Sorrentino hierherschicken, schließen wir die Sache mit der Finanzpolizei ab.«

Gaetano Sorrentino sah mich an und wartete. Sich im richtigen Moment zu bewegen und zuzuschlagen war sein Beruf. Mit zweiundzwanzig Jahren Bankangestellter, mit fünfunddreißig an der Spitze einer Firma für Hard- und

Software. Schon immer auf vertrautem Fuß mit der Finanzpolizei, denen er Männer und Mittel stellte, um jedes elektronische Gitter aus den Angeln zu heben. Und dort wusste man, wie sie sich ihm dafür erkenntlich zeigen konnten. Doch die Beziehungen, die es ihm erlaubten, mit der richtigen Deckung zu schalten und zu walten, hatte er weniger nach ganz oben als eher zu den niederen Rängen: Es waren junge Unteroffiziere, denen er ein paar Extraeinkünfte verschaffte, indem er sie mit Jacketts und Krawatten ausstattete, ihre Gesichter mit Kopfhörern und kleinen Mikros umrahmte und sie als Gorillas zu den öffentlichen Veranstaltungen seiner Partei brachte. Bei diesen politischen Paraden war nichts zu befürchten, niemand in Schach zu halten, eigentlich war ihre Anwesenheit also überflüssig, doch inzwischen gehörte eine starke Mannschaft aus Bodyguards zur Inszenierung. Durch diese muskulösen Typen mit den dunklen Brillen fühlten sich die Kandidaten im Wahlkampf wichtig, und das Publikum begeisterte sich, weil es das Gefühl hatte, bei einem großen Ereignis dabei zu sein. In Wirklichkeit war es stets das übliche, festlich herausgeputzte Theater der italienischen Politik.

Auch Sorrentino trug einen dunkelblauen Anzug, mit Nadelstreifen im gleichen Himmelblau wie seine glasigen Augen, ähnlich denen eines Raubfischs mit tausend spitzen Zähnen. Er sah mich an, sagte kein Wort und wartete, bis ich mit der Überprüfung der Zettel auf dem Klemmbrett fertig war.

Ich drückte ihm die Hand. »Gut, Gaetano, also wie üblich.«

Er drückte mir die Hand. »Wie üblich, Gigi«, und

wandte sich dem bunten Berg aus Containern zu. Dahinter standen unsere Lastwagen, abfahrbereit. Er sprach kurz mit einem Offizier der Finanzpolizei, stieg in den ersten LKW, und die Kolonne fuhr los.

Mit einer raschen Armbewegung – einer halben Drehung – schob sich Peppino Floris seine Armbanduhr übers Handgelenk. Er hätte ein zusätzliches Loch ins Armband machen müssen, damit ihm das dicke Gehäuse nicht dauernd in die Handfläche rutschte. Doch inzwischen war das ein nervöser Tick, der ihm lieb geworden war.

»Wie üblich, Gigi.«

Er sah zu, wie der letzte Lastwagen die Zollmauer hinter sich brachte, wartete, bis seine Konturen in dem vom glühend heißen Beton aufsteigenden Dunst verschwammen. Erst als die Umrisse des LKW nicht mehr zu erkennen waren, verabschiedete er sich mit einer flüchtigen Geste von mir, stieg in sein Mercedes-Cabrio und fuhr mit leise schnurrendem Motor ohne Eile davon.

Floris und Sorrentino brachten auf der Insel die Ware unter, die ich überall auf der Welt auftat. Ich hatte nie direkten Kontakt zu den Kunden, nicht nur aus Sicherheitsgründen, sondern vor allem, damit die Rollen in der Firma klar waren. Ich war der Chef, ich hatte die richtigen Verbindungen, um die Produkte zu beschaffen, und nicht die Absicht, diese Kontakte mit irgendjemandem zu teilen.

Es war fast zwei Uhr, und ich hatte Hunger. Ich fuhr Richtung Zentrum und parkte meinen Cayenne vor dem *Chez Momò*. Das Restaurant gehörte mir. Es war eine Gelegenheit gewesen, die Peppino Floris mir besorgt hatte. Er hatte den spielsüchtigen Eigentümer in der Hand und ihn so weit gebracht, mir das Ganze für einen Schleuderpreis zu verkaufen.

Ich brauchte ein Restaurant.

Vor allem weil ich einen Ort wollte, wo ich sicher essen konnte. Durch meine Geschäfte mit minderwertiger Ware hatte ich beim Essen eine Paranoia entwickelt. Außerdem brauchte ich eine Tarnung. Sogar eine doppelte Tarnung.

Das Restaurant stellte offiziell meine einzige berufliche Aktivität dar, und da ich es in einen Tempel önogastronomischer Reinheit verwandelt und zum Sitz verschiedener Feinschmeckerclubs gemacht hatte, könnte ich mich immer auf mein beispielhaft moralisches Verhalten berufen, falls man mich dabei erwischen sollte, dass ich mit irgendeinem Dreck Geschäfte machte.

Ich könnte dann schwören, mich geirrt zu haben und meinerseits betrogen worden zu sein. Alle kannten mich als fanatischen Verfechter von Qualität. Manch einer meiner Gäste bezeichnete mich angesichts der ziemlich gesalzenen Preise als Taliban der Gastronomie Cagliaris, doch in Wirklichkeit sollten sie mir einfach dankbar sein, weil im *Chez Momò* sogar das Toilettenpapier von höchster Qualität war, ohne Farbstoffe und krebserzeugende Zusätze.

In Wahrheit kümmerte sich meine Freundin Bianca Soro, die Tochter des ehemaligen Besitzers, um die Führung des Restaurants. Als Peppino mir das Geschäft vorgeschlagen hatte, war ich von ihm darüber informiert worden, dass sie alles unternahm, um den Betrieb zu retten. Am Anfang hatte ich diese Information nicht weiter beachtet, doch nachdem ich sie kennengelernt hatte, musste ich die Strategie wechseln. Sie war eine schöne, zweiunddreißigjährige Frau, und sie war clever und geschickt. Wenn sie das Geld gehabt hätte, die Schulden ihres Vaters zu bezahlen, hätte sie ihn mit Tritten in den Hintern davongejagt, und das Restaurant wäre in der Familie geblieben.

Ich hatte ihr den Hof gemacht, wie man es immer tut. Es lohnt sich nicht, darüber ein weiteres Wort zu verlieren. Nur so viel: Keine Sekunde lang zeigte ich Interesse an dem Restaurant. Das ist eine Frage der Technik, in Phase eins heißt es: sich annähern.

Als ich dann mit ihr im Bett gewesen war, hatte ich angefangen, so zu tun, als interessiere ich mich für ihr Leben. Und das ist Phase zwei: zielen.

Erst nachdem ich mir ihre jammervolle Erzählung über das von ihrem Vater angerichtete Unglück angehört hatte, war ich in die Rolle des Retters geschlüpft. Ich würde Eigentümer des Restaurants werden, doch Bianca sollte es weiter führen. Phase drei: feuern und treffen.

Da war nur eine Sache, die sich als Riss in der befestigten Mauer meiner neuen Freundschaft zu erweisen drohte. Und das stellte sich in dem Moment heraus, als ich davon sprach, dass das *Chez Momò*, damit es mit allem Drum und Dran wieder eröffnet werden könnte, eine gehörige Auffrischung bräuchte. Eine ordentliche Renovierung also. Da verfinsterte sich Biancas Miene.

»Auch nur eine Kleinigkeit an diesem Ort anzutasten hieße, die Erinnerung meiner Familie zu beschädigen, die seit drei Generationen hier ihr Leben verbracht hat«, sagte sie und lehnte sich an den großen grünen Kamin mit der schwarzen Maserung.

Das *Chez Momò* nahm das Erdgeschoss und das Hochparterre eines Jugendstilhauses ein. Es verfügte über einen Innenhof, wo im Sommer die besten Tische in einem schmiedeeisernen Laubengang standen, und einen Gartenpavillon aus Gusseisen mit bunten Bleiglasscheiben. Das Drama war, dass die Familie Soro in den Jahren nach der Eröffnung im Jahre 1911 den ursprünglichen Stil nicht beibehalten, sondern alle möglichen Arten von Einrichtungsgegenständen zusammengetragen hatte. Solange es bei Art déco geblieben war, hatten die Räume ihre Harmonie bewahrt, problematisch war es in der Nachkriegszeit und den Folgejahren geworden. Man hatte einfach alles Mögliche dazugestellt, als handelte es sich um einen heruntergekommenen Trödelladen. Kunstledersessel aus den achtziger Jahren, angeblich handgefertigte Korbmöbel und im Hof Plastikstühle einer Softdrinkfirma und Sonnenschirme einer ebenso bekannten Eismarke. Eine Tragödie. Lüftungsklappen eines japanischen Herstellers verunzierten den Stuck und wechselten sich mit den Gemälden schiefer Nuragen eines Onkels von Bianca ab, der im Irrenhaus Selbstmord verübt hatte; ja, er war ein bisschen durchgedreht, aber doch so ein netter Kerl gewesen. In einem Raum ging man noch über die Mosaike der Originalfußböden, in einem anderen machte der Teppichboden die Schritte lautlos und – durch all das, was darauf gefallen war – klebrig.

Ich trat näher an den Kamin heran und streichelte ihre Hand. »Ich bin davon überzeugt, dass deine Urgroßmutter Bianca für die Opfer, die sie gebracht hat, um das *Chez Momò* bekannt zu machen, belohnt würde, wenn ich dem Restaurant seinen ursprünglichen Glanz zurückgeben könnte.« Ich wusste die richtigen Saiten anzuschlagen, die Töne zu treffen, die den Akkord erklingen ließen, der bei ihr die Melodie der Nostalgie und des Stolzes auslöste. Bianca war stolz auf die Großmutter ihres Vaters, eine Frau wie aus einem Guss, wunderschön, großgewachsen, mit eigenartigen, himmelblauen Augen. Eine Frau jenseits des regionalen Durchschnitts ihrer Zeit – schon allein dadurch, dass sie im Alter von zwanzig Jahren mit einer peinlichen Schwangerschaft allein blieb. Geschenk eines Offiziers aus dem Piemont, der es sich hatte angelegen sein lassen, vor der Heirat an Malaria zu sterben. Doch wenigstens hatte er ihr eine hübsche Summe hinterlassen, mit der Bianca Soro das *Chez Momò* eröffnen konnte. Zu Ehren ihres Geliebten, des Hauptmanns Momò Guicciardi.

Bianca lächelte mich an, und durch die Idee, ihrer Urgroßmutter Gerechtigkeit widerfahren zu lassen, nachdem ihr Vater alles zugrunde gerichtet hatte, sprühte sie in den nächsten Tagen vor Energie. Ich ließ ihr freie Hand. Sie wandte sich als Erstes an eine Firma, die dem Bruder ihres Exverlobten gehörte. Er fand sich mit Fotos und Prospekten bei uns ein.

»Das hier ist ein berühmtes Lokal in Paris, Ethno-Stil«, setzte der Typ an und breitete auf dem Tisch in unserem Büro sein ganzes Material aus.

Ich tat so, als wäre ich weiter mit der Überprüfung von Lieferscheinen beschäftigt.

»Ethno läuft supergut, ein indochinesischer Mix, niedrige Tische, gedämpftes Licht, große Sitzkissen statt Stühle, Weihrauch und Götterstatuen in einem Ensemble aus lehmfarbenen Nischen. Im Gartenpavillon bringen wir die Steuerpulte des DJ unter, DJs sind sehr in.«

Ich vermied es, ihn anzusehen, während Bianca mir seine Visitenkarte gab. Bauunternehmen Porcan, Inhaber Antonio Porcu. »Ich würde auch einen anderen Namen vorschlagen, wenn wir schon dabei sind, was haltet ihr von *Chez Buddha*?«

Antonio Porcu überließ einer Freundin Biancas das Feld. Das Treffen fand in ihrem Büro statt, einem Penthouse in einem der vielen Häuser, die ihr Vater gebaut hatte, ein solider Bauunternehmer alter Schule, ehemaliger Maurer, der sich jetzt mit einer Tochter herumschlagen musste, die gern von edlerer Abstammung gewesen wäre. »Minimalistisch, ich schlage einen Minimalstil vor«, lautete ihr selbstsicherer Rat, während sie Fotos eines holländischen Restaurants an die Wand projizierte. »Weiße Wände, abwechselnd mit grauem und schokobraunem Stuck, so gut wie keine Möblierung, transparente Stühle aus Plexiglas, hohe, sehr hohe Tische aus dunklem Holz, im Innenhof zwei Whirlpools mit Thermalwasser, das ist dieses Jahr sehr in. Der Gast isst und reinigt sich dann in den Dämpfen. In den Gartenpavillon können wir eine japanische Masseurin setzen.«

›Und der Gast kriegt einen Schlag und krepiert‹, dachte ich. Ich überließ es Bianca, daraus ihre Schlüsse zu ziehen, während sie mir die Visitenkarte ihrer Freundin gab: Dottoressa Gilda Marcias, Interior Design. »Ich würde auch einen anderen Namen vorschlagen, wenn wir schon dabei sind, vielleicht, was weiß ich: *Supper Momò*?«

Auf diese Art ging es weiter, und Biancas Frustration nahm entsprechend zu. Nach dem Erfolg versprechenden texanisch-mexikanischen Stil unter dem neuen Namen *Tacos Momò*, einem rustikalen Restaurant, das man passender *Antico Tzilleri de tziu Mommotti* getauft hätte, einem Siebziger-Jahre-Revival, einem Hightech-Laden mit mehr Plasmabildschirmen als Sitzplätzen (der Name sollte *Mom-O* sein) und einem Hochzeitssaal (»Dann könnt ihr hier auch die Bankette nach den Feiern ausrichten«, hatte der Geometer der Firma gesagt) war ich an die Reihe gekommen. Das entscheidende Finale, auf das ich mich von Anfang an vorbereitet hatte.

Ich kam mit der riesigen, schön gerahmten Vergrößerung eines alten handkolorierten Schwarz-Weiß-Fotos ins Restaurant, das meine Freundin in einer Schublade verwahrt hatte. Es zeigte Donna Bianca Soro mit ihren himmelblauen Augen und ihren Hauptmann in Pose, sie mit einem Schirmchen aus Spitze, er in Festtagsuniform. »Das ist für dich, wir könnten es in den Eingang hängen, wenn du willst. Ich bin sicher, dass es ihr gefallen hätte, wenn alles wieder so würde, wie es einmal war.« Und die Renovierung begann nach meinen Vorschlägen, die nur die natürliche Entwicklung der Wünsche meiner neuen Freundin zu sein schienen.

Bianca war glücklich. Ich hatte sie auch davon überzeugt, die Qualität des Essens zu verbessern und das Restaurant zu einem Treffpunkt für Feinschmecker zu machen, doch das war nicht schwierig gewesen. Bianca verstand, dass sie zu Zugeständnissen bereit sein musste, wenn sie bleiben wollte, wo sie war. Sie war ein braves Mädchen, heiter, sympathisch und gut im Bett. Hin und wieder sprach sie von Heirat und Kindern. Aber auch in diesem Fall wusste ich zu kontern: Ich bediente mich der alten Leier, wir müssten erst finanziell besser dastehen. Und sie trat den geordneten Rückzug an. Geld hatte ich eine ganze Menge, aber nie und nimmer würde ich sie heiraten. Nicht nur, weil ich nie in sie verliebt gewesen war, sondern vor allem weil mein Ziel war, noch fünf Jahre auf Sardinien zu bleiben und dann etwas anderes zu tun, ohne jedoch die Geschäfte mit manipulierten Lebensmitteln aufzugeben. Denn auch dabei muss man methodisch vorgehen, und das heißt: flexibel.

In diesem Bereich hieß es, wendig zu sein. Die Konsumenten wurden jeden Tag anspruchsvoller, organisierten sich, verlangten Transparenz auf den Etiketten der Produkte, steckten ihre Nase inzwischen überall hinein.

Doch bei solchen Geschäften brauchte man nicht nur eine Methode, sondern auch eine gehörige Portion Glück. Und das kam im Kielwasser der Währungsumstellung. Ein wahres Wunder.

Es reichte eine kleine Dosis Angst, und jeder verlor die Koordinaten eines nach sicheren Regeln ausgerichteten Lebens. Und wenn alles den Bach runterging, wenn man mit achthundert Euro Gehalt nicht einmal die Rechnungen bezahlen konnte, musste man sich aufs schlichte Überleben konzentrieren, koste es, was es wolle, Verzicht schon eingeplant.

Auf Kanal 7 gab es um 21 Uhr, kurz nach dem Abendessen, ein Programm (das nach Mitternacht wiederholt wurde), das eine Gruppe Überlebender eines Flugzeugabsturzes zeigte, die sich wie durch ein Wunder auf eine verlassene – oder so gut wie verlassene – Insel gerettet hatten. In der Serie, die seit zwei Jahren lief, ging es darum, wer davonkommen würde und auf welche Weise. Jede Woche eine halbe Stunde, plus Werbung. Doch dieser Dschungel und seine Gefahren waren nichts, verglichen mit dem dichten, dunklen Wald, in den eine ganze Familie am Anfang des Monats geriet, vierundzwanzig Stunden am Tag, dreißig Tage im Monat (und ohne Werbepausen), ausgerüstet nur mit einem Gehalt in der Tasche.

Das, was wir erlebten, war ein regelrechter Krieg, und wie alle Schlachten verbreitete er große Angst, unterminierte die Pfeiler der häuslichen Wirtschaft. Mit einem Wort: Krise, oder besser: Rezession. Sie zwang große Massen von Konsumenten, unsere Produkte zu bevorzugen, die weniger kosteten und den Magen füllten.

Doch es war nur eine Frage der Zeit, bis es diesen Nervern von den Verbänden gelingen würde, eine Reihe von Gesetzen durchzubekommen, die unseren Gewinn schmälern würden.

Aber wie schon gesagt, die Regel Nummer eins lautet: flexibel sein.

Der Sektor bot unendlich viele Möglichkeiten, man musste nur die richtige aussuchen. Bianca hatte von alledem keine Ahnung. Sie war davon überzeugt, ich sei der klassische Geschäftsmann aus dem Norden, der wegen der Schönheit der Insel, des Klimas und der Chancen für gute Investitionen nach Sardinien umgesiedelt sei. Dies ermöglichte es mir, mich zu bewegen, ohne Erklärungen abgeben zu müssen, und auch, ihr nicht zu sehr auf der Pelle zu hocken. Es war wichtig, dass sie glaubte, einen Spielraum für ihre eigenen Entscheidungen zu haben. Eines Tages würde ich die Beziehung satt haben und das Restaurant verkaufen, aber im Augenblick war all das Teil meiner perfekten Welt.

Ich begrüßte sie mit einem Kuss und ging unter dem Vorwand, dem Chefkoch und seinen Gehilfen guten Tag sagen zu wollen, die Küche kontrollieren. Mir genügte ein Blick, um die Sauberkeit des Raums, des Personals und der Produkte zu überprüfen. Es war alles in Ordnung, ich wechselte ein paar Worte mit den Leuten und informierte mich über die Tagesgerichte. Dann setzte ich mich an meinen Tisch in der Nähe der Kasse.

Bianca kam und setzte sich zu mir. Mir fiel ihr abgespanntes Gesicht auf, sie war müde. Ihre sonst immer strahlenden braunen Augen hatten an Glanz verloren. Ich nahm ihre Hand. »Warum schickst du denn nicht den Koch um fünf Uhr morgens zum Markt?«

»Den Fisch will ich selbst aussuchen, weißt du.«

»Gesuino ist tüchtig und sorgfältig.« Ich hielt ihre Hand immer noch fest, das Thema lag mir am Herzen. »Ich kann es nicht leiden, wenn ich wach werde und du nicht im Bett bist.«

Sie lächelte. »Dir fehlt das Vögeln am Morgen«, flüsterte sie. Bianca gefiel es, mit dem Timbre und der Intensität ihrer Stimme zu spielen, sie wusste, dass der dunkle und heisere Ton bei mir seine Wirkung tat und mir Appetit jeder Art machte. Ich wollte ihr gerade auf gleiche Art antworten, als mein Handy klingelte. Ich sah aufs Display und las: Rocco Gennaro. »Arbeit«, erklärte ich ihr lakonisch. Und das hieß: Verschwinde schleunigst. Meine Freundin stand auf und begrüßte Gäste, ein Paar, das gerade in diesem Moment hereinkam. Braves Mädchen, sie wusste, wo ihr Platz war.

»Wie geht's, Rocco?«, fragte ich meinen Lieferanten holländischer Hähnchen.

»Stecke ein bisschen in der Klemme, Gigi. Ich habe eine lokale Lieferung, die ich schnell loswerden muss.«

»Mit der Ladung neulich bin ich für eine Weile versorgt.«

»Ich weiß, aber es ist ein Notfall. Ich schulde einem Freund einen Gefallen.«

»Scheiße oder Superscheiße?«

»Scheiße, Gigi, Scheiße. Ich schwör's dir.«

Seit einer Weile wurde die Qualität der manipulierten Ware so eingeordnet. Zwei Typen, die als Tiernahrung vorgesehene Milch manipulierten, waren abgehört worden, als sie entschieden, dass die Scheiße für den nationalen Markt bestimmt sei, die Superscheiße dagegen für den griechischen. Aber dann hatten sie übertrieben, und die Griechen, die ihre Milch getrunken hatten, waren zur Polizei gerannt. Die Zeitungen hatten das Abhörprotokoll veröffentlicht, und die Qualitätsbezeichnungen waren in der Szene allgemein üblich geworden.

»Was ist passiert?«, fragte ich.

»Eine blöde Sache, Gigi, eine blöde Sache. In dem Heißwasserbecken, wo die Federn entfernt werden, sind auch mit Campylobacter verseuchte Hühner gelandet, und dieses Arschloch von Veterinär musste es unbedingt genau nehmen. Da hat mein Freund mich angerufen ...«

Ich trank einen Schluck von meinem schottischen Mineralwasser, um Zeit zum Nachdenken zu haben, besah mir den Widerschein des Lichts und die im Glas tanzenden Bläschen: Sicher, es war teuer, mit dem, was der Transport kostete. Doch es lohnte sich: Es stimmte heiter und ließ einen klar denken.

Das Bakterium war nicht gefährlich, man bekam höchstens Durchfall davon, wenn das Hühnerfleisch nicht richtig durch war, aber ich wusste, wo man es mit der richtigen Temperatur briet.

Ich trank den letzten Schluck.

»Einverstanden, Rocco, ich nehme es, aber der Preis muss wirklich gut sein.«

Wir einigten uns über den Betrag, und ich legte eilig auf, als der Kellner einen Teller hausgemachter Taglioni mit Krebsen und Zucchini vor mich hinstellte.

Das kurze Gewitter der Vogelgrippe war vorbei und das gute Wetter zurückgekehrt. Die Leute waren erschrocken, als sie von den Toten in China und Vietnam hörten, doch das war alles nur ein Schwindel, um einen multinationalen Konzern reich zu machen, der ein Mittel herstellte, das die Welt vor der Pandemie retten sollte. Dann, als die Bestände aufgebraucht waren, war die Nachricht aus den Zeitungen verschwunden. Wie dem auch sei, ich aß seit Jahren kein Huhn mehr, seit ich entdeckt hatte, dass viele Züchter ihre Tiere mit Chloranphenicol aus chinesischer Produktion vollstopften, einem Antibiotikum, das Geflügel vor jeder Krankheit schützte, doch beim Menschen krebserregend war.

Rocco lieferte mir holländische Hühnchen. Niedriger Preis, Geschmack alles in allem ordentlich. Sonst nichts.

Die Holländer kauften eingesalzene tiefgefrorene Hühner aus Thailand und Brasilien und unterzogen sie dem Prozess des Tumbling, um sie aufzublähen. Die aufgetauten Tiere wurden in riesige Anlagen, ähnlich Betonmischmaschinen, geworfen und darin gedreht, bis sie reichlich Wasser aufgenommen hatten.

Ich hatte es mit eigenen Augen gesehen: Es war kein schöner Anblick. Auch der Geruch, der sich ausbreitete, war nicht appetitanregend: sauer und scharf wie geronnene Kinderkotze.

Dann wurden die Hühner wieder eingefroren und in den Handel gebracht. Rocco kaufte en gros Partien zu Niedrigstpreisen auf, etwa solche, bei denen es irgendeinen Zwischenfall bei der Aufbereitung gegeben hatte, was gewöhnlich beim Auftauen passierte.

Doch das wirkliche Geschäft bei Hühnerfleisch machte man mit Frikadellen. Sie kosteten noch weniger und ließen sich zu einem interessanten Preis weiterverkaufen. Kinder mochten sie gern, und die Eltern dachten, das weiße Fleisch wäre gesünder als Hamburger aus Rindfleisch. Den Ausschuss, den die großen Betriebe offiziell als Abfall entsorgen mussten, füllte man in einen riesigen Trichter aus rostfreiem Stahl, zerkleinerte und zermahlte ihn, bis eine homogene Masse daraus wurde. Der echte Hühnchengeschmack rührte von der Haut her. Die gesünderen und legalen Frikadellen hatten davon fünfzehn Prozent, diejenigen, die Rocco mir besorgte, sehr viel weniger, doch einen hübschen Anteil an Emulgiermittel, damit das Gemisch nicht zerbröckelte.

Ich füllte mein Glas noch einmal mit schottischem Wasser, erhob es, als wollte ich einen Trinkspruch ausbringen. Ein Schluck, ein Schnalzen der Zunge im Gaumen. Jetzt war ich bereit, die nach strengen Vorgaben im Meer gefischte Dorade zu essen, zufrieden mit dem Geschäft, das auf gewohnte Art Gestalt annahm.

Über Sorrentino würde ich die Lieferung irgendeiner sozialen Institution andrehen. Mein Partner hatte eine ganze Reihe von Heimen, Drogentherapiestellen, Gefängnissen, Behinderteneinrichtungen an der Hand. Alles Orte, wo niemand sich allzu sehr beschweren konnte und gebratenes Hühnchen mit Fritten besonders geschätzt wurde, vor allem an Feiertagen.

Ich beendete die Mahlzeit mit einer Bio-Mango. Meine Freundin war die ganze Zeit beschäftigt gewesen. Hin und wieder warf ich einen Blick auf die Kasse. Auch heute hatte das *Chez Momò* gute Einnahmen gemacht.

Es war Zeit für mein Schläfchen geworden. Bevor ich ging, erinnerte mich Bianca daran, dass wir am Abend zu Bobo Nobile – sechs Haute-Couture-Läden in Cagliari und der Provinz, zwei textilverarbeitende Betriebe, außerdem andere Geschäfte – gehen mussten, um seinen fünfundfünfzigsten Geburtstag zu feiern.

»Wer ist für das Catering zuständig?«, fragte ich besorgt.

Bianca warf mir einen schrägen Blick zu. »Was um Himmels willen kümmert dich das denn?«, platzte sie heraus.

»Das kümmert mich allerdings …«, ließ ich sie wissen und fasste den Plan, vorher etwas zu essen, weil ich nicht so dumm sein würde, mich auf dem Fest vollzustopfen. Dafür war genug Zeit. Bianca würde das Restaurant erst gegen elf verlassen können, wenn sie die erste Runde der Gäste versorgt hatte.

Bobo Nobile schwamm im Geld und tat nichts, um es zu verbergen. Das Wort maßhalten war ihm unbekannt. Das hatte er von seinem Großvater. Etwas Genetisches also.

Ihm war klar, dass in der Stadt einige Geschichten über

ihn im Umlauf waren, und er tat alles dafür, dass sie ihre volle Wirkung entfalteten und nicht vergessen wurden. Er war sich nämlich sicher, dass er nur so in seiner Welt zum Mythos würde: bei Leuten, die gern mit offenem Mund staunten und sich freuten, einen wie Bobo in ihren Reihen zu haben. Und Bobo, alles andere als dumm, hatte das kapiert.

Im Grunde war er mir sympathisch. Einer vom gleichen Schlag wie ich. Auf ein anderes Fest hätte ich keinen Fuß gesetzt. Auf seines schon.

Das Fest fand auf der Terrasse seiner Villa auf den Klippen statt. Marmor und Art-déco-Säulen, die weiß im Mondlicht leuchteten. Die Villa hatte seinem Großvater gehört, einem faschistischen Bonzen, der aus Rom geschickt worden war, um diesem lustlosen und für die Fanfare des kämpferischen Faschismus unempfänglichen Volk auf der Felseninsel mehr Entschlossenheit und Hingabe an das Imperium beizubringen. Es hatte Empfänge und Feste gegeben, Bälle mit Orchester, und wer auch immer gezwungen war, sich nach Sardinien zu begeben, aus geschäftlichen oder politischen Gründen, zur Urbarmachung oder für Bohrungen, hatte in der Villa Nobile Station machen müssen.

Nach Ende des Regimes hatte sich niemand die Mühe gemacht, Giovanni Antonio Nobile auf den Rücken eines Zwergmaulesels zu setzen und mit Arschtritten zurück auf die Fähre zu befördern. Und das nicht nur deshalb, weil die Gelegenheit dazu sich nicht ergab: Der Bonze mit dem feinen Schnurrbärtchen und dem imposanten Kinn hatte sich vor dem Machtwechsel mit Hilfe einer üblen Leberzirrhose davongemacht. Aber dass die Gelegenheit sich nicht bot, war nicht der Grund. Auch wenn er physisch bis zum Ende des Regimes durchgehalten hätte, niemand hätte ihn vom Sockel gestürzt. Der Grund dafür heißt: angeborene Gleichgültigkeit. Eine Eigenart dieser Stadt, die alles mit sich machen lässt, ohne sich auch nur gegen das Schlimmste zu wehren.

Zirrhose hin oder her, es brauchte nicht viel, damit alles wieder wie vorher war. Vier Monate lang, lediglich vier Monate, stand das Haus mit der Felsenterrasse leer. Bewacht nur von den Reichsadlern auf den Kapitellen der Säulen links und rechts des imposanten Gittertors.

Doch als jene, die von der Familie Nobile übrig waren (Frau und zwei Söhne), merkten, dass es weder Angriffe noch Beschimpfungen, noch Volksaufruhr geben würde, wurde alles wieder wie zuvor. Sie verließen das kleine Bergdorf, in das sie sich, gemischt unter die Evakuierten, geflüchtet hatten, und kehrten hocherhobenen Hauptes in die Stadt zurück. Bobos Onkel konnte sein Jurastudium fortsetzen, um zunächst Rechtsanwalt und dann Senator der Republik zu werden. Der Vater, Giovanni Antonio Nobile, hatte einen Lehrstuhl für Wirtschaft und Handel inne. Während er die Villa des Morgens als Höhle jüdisch-freimaurerischer Verschwörung brandmarkte, betrat er sie des Abends durch den in den Mauern der mittelalterlichen Stadt verborgenen Dienstbotenzugang – mit Vergnügen und zum persönlichen Vorteil.

Bobo war im Schatten von Zirkel und Winkel großgeworden. Immerhin zwei Bezugspunkte für einen wie ihn, der als Student eine Katastrophe gewesen war. Bei den Erwerbungen in der nationalen Textilbranche hatten sich Zirkel und Winkel als nützlich erwiesen.

Die Adler mit den ausgebreiteten Flügeln waren immer noch da, als ich mit der richtigen Dosis Verspätung, also zum Zeitpunkt des stärksten Ansturms, da alle darauf geachtet hatten, auf sich warten zu lassen, bei der Villa Nobile eintraf. Als Erste zu erscheinen hätte sich für das nächste Fest als nachteilig erwiesen.

Die Autos wurden mit mathematischer Präzision auf dem Parkplatz abgestellt. Der Boden war mit Flusskieseln aufgeschüttet. Ein Untergrund, der das Schreiten der Damen auf schwindelerregend hohen Absätzen nicht eben erleichterte. Es waren alle da: die, die es schon nach oben geschafft hatten, und die anderen, die noch hochkommen wollten.

»Aspirantinnen …«, meinte Bobo knapp und begleitete den Kommentar mit einem Zwinkern des linken Auges. »In dem Sinn, dass sie aspirieren.« Und er schloss die Bemerkung mit einem boshaften, zufriedenen Grinsen.

Bobo hatte seine neue Karriere damit begonnnen, dass er seiner zwanzigjährigen, künstlerisch ambitionierten Tochter (unmöglich, das Schulgeld für die Designerschule) den Auftrag für die Kostüme bei einigen Fernsehshows verschafft hatte. Jene Sendungen, die noch die ganze Familie vor dem Bildschirm versammelten. Doch sein neues Vermögen war eng verbunden mit dem Geschick seines Obergangsters Tatano Rais (ein vierschrötiger und brutaler Typ, den er noch von der Schule kannte, doch vor allem Sohn einer ehemaligen Puffmutter), Mädchen für die Shows zu besorgen, brünette und üppige Mädchen, nach denen die Produzenten immer häufiger für Tanzszenen und Sketche verlangten. Und Bobo hatte ein fischreiches Meer, wo er seine Netze auswerfen konnte. Das hatte ihm Tatano eingeflüstert, als er zum dritten Mal aus Rom zurückkam, wohin er geschickt worden war, um die Tochter des Chefs und ihre Verträge zu beaufsichtigen.

»Ein fischreiches Meer«, sagte Tatano Rais.

Bobo antwortete mit einem kraftlosen Lächeln, was seine Art war, Ja zu sagen, ohne es zu sagen. Die Umsetzung des Ganzen würde bei Rais liegen, der sich die Worte seiner guten Mutter, die ihre Huren mit der Rasierklinge zum Spuren zu bringen pflegte, fest eingeprägt hatte. Ein Schnitt in den Schenkel bei der ersten Verfehlung, und bei der zweiten, hatte sie immer gedroht, würde die Klinge in die Wange schneiden. »Mein Sohn, erinnere dich immer daran, dass alle guten Geschäfte durch das Bett einer Frau führen.« Und Tatano Rais hatte seinen Chef daran erinnert, der ihn dafür sogar mit einem Klaps auf die Schulter bedacht hatte.

»Früher kam das Kanonenfutter fürs Vaterland von hier.« Auch das war einer der Sprüche, mit denen Bobo seine Gäste in der Villa Nobile immer wieder unterhielt. »Heute kommt von hier das Kanonenfutter fürs F...« Und er ließ den Satz in der Luft hängen: genau lang genug, damit seine Zuhörer die Hand vor den Mund legen und sich ein bisschen empört und ein bisschen wissend geben konnten. Erst danach sprach er zu Ende: »... das Kanonenfutter fürs Fernsehen, fürs Fernsehen, was habt ihr denn gedacht. Ihr boshaften Lästermäuler.« Und dann gab es Gelächter.

Auch jetzt breitete sich Gelächter an den Rändern des ovalen Swimmingpools aus, wo schon welche im Thermalwasser ein Bad nahmen. Im Wasser Jungs wie aus Stein gehauen, der Körper perfekt, der Geist weniger, sehr viel weniger. Sie trugen Badekleidung im Stil der alten Griechen, die der Sponsor des Abends gestellt hatte. Ich erkannte einen von ihnen: Er war der Gehilfe des Installateurs, der die Anlagen des Restaurants in Ordnung hielt. Bianca hatte mir erzählt, sie habe ihn am Nachmittag auf irgendeinem Sender entdeckt, wo er ausgestreckt auf einer riesigen herzförmigen Couch lag, ganz verzweifelt, weil er sich nicht entscheiden konnte zwischen einer kleinen treuen Rothaarigen und einer großen Frau mit Panthernägeln, »aber ein bisschen nuttig«, wie Bianca ohne Mitleid bemerkt hatte.

Nicht weit vom Swimmingpool entfernt wiegten sich auf einer kleinen, mit Damast ausgeschlagenen Bühne zwei Mädchen in den Hüften und versuchten einen Bauchtanz. Die sie kaum verhüllenden Schleier wirkten wie Blütenblätter weißer Rosen, doch ihr Staksen mit den Beinen und ihre steifen Beckenbewegungen raubten der von einer tunesischen Melodie untermalten Szene jede Harmonie. Die beiden Tänzerinnen wirkten eher wie mechanische Puppen aus einem anderen Jahrhundert, ließen an gewisse kleine Vorführungen in Lasterhöhlen mit alten Huren denken.

»Wie finden Sie uns, Dottor Rais?«, fragte die eine, die wohl die Vortänzerin war, als Tatano an der Bühne vorbeiging.

Tatano Rais, beglückt darüber, dass er mit Dottore angesprochen worden war – denn er hatte seinen Abschluss nur aus Mitleid bekommen –, stieß ein leises Seufzen aus. »Fließender, Mädchen, fließender, ihr wirkt, als wärt ihr aus Holz.«

»Ja, sicher, Dottor Rais, sicher, entschuldigen Sie«, antwortete die Vortänzerin und versetzte ihrer Freundin einen gemeinen Stoß mit dem Ellbogen, dass ihr vor Schmerz das Blut ins Gesicht schoss. »Das ist, weil wir sind so aufgeregt, wir sind so irre aufgeregt wegen den ganzen wichtigen Leuten, da haben wir Blockade in den Beinen«, sagte sie.

Tatano Rais fuhr sich mit einer Hand über die Stirn und dachte, dass er zwei solche Mädchen, die keine drei Worte richtig auf die Reihe bekamen, nicht mal im Frühstücksfernsehen auf dem regionalen Kanal unterbringen könnte. Er gab ihnen keine Antwort.

»Los, du dumm Kuh, ich hab keinen Bock, auf dieser Scheißinsel als Putzfrau zu krepieren«, sagte die Vortänzerin zu ihrer Freundin. »Diese ganzen Schlampen haben's geschafft, warum können wir's nicht schaffen? Los, mach schon, flüssiger, flüssiger …«

Ein Volk von komischen Figuren. Bobo wusste das gut, wir waren nur ein Volk von komischen Figuren für das Varietéprogramm. Und darauf hatte er seine Geschäfte gegründet.

»Gigi, dir muss ich keinen Scheiß erzählen.« Er begrüßte mich und drückte mir die Hand. Fest. Zeichen des Respekts. »Nächste Woche muss ich ein Essen für wichtige Leute geben, für mich steht dabei viel auf dem Spiel, und ich muss einen guten Eindruck machen. Doch du würdest mich zu viel kosten.«

Ich sah ihn mit unbewegter Miene an.

»Und was kriege ich dafür?«

»Du kriegst dafür eine ganze Sendung auf dem Satellitenkanal *Buon Vivere*, in der es nur um dich geht.«

»Ich habe kein Interesse daran, ins Fernsehen zu kommen.« Es war besser, dass mein Gesicht nicht um die ganze Welt ging. »Allerdings bin ich mir sicher, dass Bianca sich über eine halbe Stunde Berühmtheit freuen würde. Sie hat es verdient.«

»Auf Bianca und das *Chez Momò.*« Bobo erhob sein Glas zum Zeichen, dass wir uns einig waren. Ich hob das meine und setzte noch eins drauf: »Wie viele Wiederholungen?«

»Drei, die perfekte Zahl. Wenn du willst, Gigi, kriegst du noch eine Nacht mit diesen beiden kleinen Schlampen dazu, die da auf der Bühne mit dem Bauchtanz. Wir können sie vielleicht bei den Aufnahmen brav an einen Tisch in deinem Restaurant setzen.« Er gab Rais ein Zeichen, dass er näher kommen sollte.

Ich warf einen zerstreuten Blick zur Bühne. »Lass gut sein. Die interessieren mich nicht«, sagte ich knapp.

Mit einem Handzeichen – offene Handfläche wie ein Verkehrspolizist, wenn er Halt meint – blockierte Bobo Rais.

»Ganz wie du willst, Gigi.«

»Gut, also dann leg du die Daten fest«, sagte ich, während er von einer Gruppe mitgeschleppt wurde, die nach einer brasilianischen Melodie, gespielt von einer rumänischen Band, davontänzelte.

Das war für die Bauchtänzerinnen das Signal, sich auszuruhen und die geschwollenen Beine zu massieren.

Auch heute Abend kam Tatano Rais zu mir, um mir die Hand zu geben. Er war nicht der Typ, sich in irgendein Getänzel hineinziehen zu lassen. Er war ein Koloss, und diesmal trug er eine komische blaue Jacke, die ihn einschnürte und mit der grünlichen Farbe seine Gesichts, das ein wenig an einen Boxer erinnerte, kontrastierte.

»Lieber Gigi, eine Freude, dich zu sehen«, sagte er.

»Wie geht's, Tatano?« Überflüssige Frage, seine Gesichtsfarbe sagte schon alles.

»Nicht gut, Gigi, nicht gut. Seit ein paar Tagen ist mir so komisch übel, und ich bin erschöpft, und dann … entschuldige bitte, wenn ich das so sage, ich scheiße ohne Ende.«

»Vergiftung …«, versuchte ich ihm zu erklären.

»Nein, nein, ich bin beim Arzt gewesen, er hat mir gesagt, dass es der halben Stadt so geht. Er sagt, es ist ein Virus. Das ist dieses Jahr die Grippe …«

Ich wollte ihm nicht widersprechen. Ich versuchte nicht mal zu entgegnen, dass es ein bisschen früh sei, am Ende des Sommers schon von Grippe zu sprechen. Es waren klare Symptome einer Lebensmittelvergiftung, und dass die halbe Stadt davon betroffen war, zeigte nur, dass alle schon viel zu lange immer mehr Scheiße in sich reinstopften.

Ich war inzwischen beim dritten Gin Tonic und zweiten Kir Royal, als mir eine Frau auffiel, die abseits auf der Terrasse stand und mit trauriger Miene aufs Meer hinaussah. Sie rauchte und trank, ihre Hände zitterten leicht. »Ihr Freund und sie haben sich getrennt«, dachte ich, nachdem ich mich vergewissert hatte, dass sie keinen Ring trug. Ich schaute mich nach Bianca um und sah, dass sie mit ein paar alten Freundinnen beschäftigt war. An der Art, wie sie sich unterhielten, konnte man deutlich erkennen, dass es um irgendwelchen wichtigen Klatsch ging. Das würde eine ganze Weile dauern, lang genug, dass ich mich mit der Frau amüsieren könnte. Das Gesicht sagte mir etwas, vielleicht hatte ich sie bei irgendeinem anderen Fest oder im Restaurant gesehen. Sie musste um die fünfunddreißig sein, wohlhabend, nach dem Kleid und dem Schmuck zu urteilen. Schönes Gesicht, Augen von einem Grün wie herbe Trauben, gute Figur. Und sie war nicht hier, um ein Engagement in Bobos Zirkus zu bekommen. Mit Sicherheit gehörte sie zur anderen Hemisphäre, zu denjenigen, die in den Boutiquen Nobile einkauften. Sie verdiente ein wenig von meiner Zeit.

Ich näherte mich ihr und kam mit meinem durch viele Jahre Diskothekenbesuche gereiften Takt direkt zur Sache.

»Es ist ein Verbrechen, eine schöne Frau wie dich allein zu lassen«, sagte ich seufzend. »Oder hast du ihm den Laufpass gegeben?«

Die Frau riss verwundert die Augen auf, die sich sofort mit Tränen füllten, als würden sie überlaufen.

»Er ist es gewesen«, stellte ich fest und breitete die Arme aus. »Im Namen aller Männer auf der Welt bitte ich dich um Entschuldigung.«

Sie bewegte die Hand mit der Zigarette, um Zeit zu gewinnen. Mein Satz hatte sie amüsiert, doch es war schwierig, gleichzeitig zu lachen und zu weinen.

»Ich bin Gigi Vianello«, stellte ich mich vor.

Sie trocknete sich diskret die Augen. »Ich weiß, wer du bist. Du bist Bianca Soros Neuer aus dem Veneto.«

Ich erstarrte und wollte schon eine Entschuldigung stammeln, um mich davonzumachen, als sie flüsterte: »Nur die Ruhe, wir sind keine Freundinnen. Ein Fremder fällt hier eben auf.«

Mein Lächeln und meine Dreistigkeit kehrten sofort zurück. »Und du bist ...«

»Mariuccia Sinis.«

»Und warum bist du so traurig, Mariuccia Sinis?«

»Das geht dich eventuell nichts an.«

Ich senkte meine Stimme. »Ich bin von der Ersten Hilfe für gebrochene Herzen.«

Eine blöde Bemerkung, die ich in einem Nachtprogramm auf dem einhundertsechsundzwanzigsten Kanal gehört hatte, doch auf Mariuccia machte sie Eindruck. Entweder war sie auch blöd oder wirklich mit den Nerven am Ende.

»Mein Herz ist gebrochen, aber nicht so, wie du denkst ...«, sagte sie ernst, beinahe feierlich.

»Die erzählt mir jetzt alles«, dachte ich und strengte mich an, ihr nicht ins Gesicht zu lachen. »Mein Herz ist gebrochen«, das war ein Satz, den ich seit den Zeiten von *Dallas*, achtziger Jahre, Kanal 5, nicht mehr gehört hatte.

Ich fragte sie, ob sie etwas trinken wolle. Es war wichtig, ihr ein paar Minuten zu geben, damit sie ihre Gedanken sammeln konnte. Als ich mit zwei Wodka Tonic zurückkam, war Mariuccia bereit. Sie hatte sogar ihr Make-up aufgefrischt. Und sie sah mich neugierig an. Ich kenne das, meine verschiedenfarbenen Augen haben auf den ersten Blick immer diese Wirkung gehabt, und selten gewöhnen sich die Leute daran. Das eine grün, das andere blau. Deshalb haben sie mich im Gymnasium, dem Pigafetta, gleich mit dem Spitznamen bedacht, den ich verdiente. Und mit der Zeit habe ich alles getan, um ihm ähnlich zu werden, dem Sänger mit den unterschiedlichen Augen. David Bowie.

Diese Augen sind meine Stärke, damit schaffe ich den

Durchbruch. Der Rest ist immer eine Frage von Charakter und Technik gewesen. So auch in dieser Nacht.

Ein paar Sätze, damit sie sich wohlfühlte, ein Seufzen und eine Bemerkung über den Sternenhimmel, und Signorina Sinis erzählte mir, dass ihre unendliche Traurigkeit daher rühre, dass Signor Carlo Alberto Pedevillas, Juwelier in Cagliari und langjähriger Verlobter, nicht in der Lage sei, ihr ein Kind zu machen, weil irgendwas mit seinen Samenzellen nicht stimme. Und sie, die auf die Vierzig zuging und inzwischen in die Kategorie später Erstgebärender gehörte, wollte auf jeden Fall einen Erben.

»Adoptiert ein Kind«, sagte ich pragmatisch.

»Und was für eins? Einen kleinen Schwarzen, einen Marokkaner, Zigeuner oder Rumänen?«, zischte sie böse. »Die italienischen Kinder sind alle erblich belastet, mongoloid, Kinder von hässlichen und kaputten Leuten.«

»Ja dann gibt es nur eine Möglichkeit«, warf ich ein, nur um irgendeinen Blödsinn zu sagen – schuld daran waren ein paar Drinks zu viel. Mir gefielen Geschichten, in denen es um Betrug, Spiel, extremen Sex ging, nicht solche, in denen man über Kinder jammerte, die man nicht bekommen konnte.

Sie starrte mich an. »Nämlich?«

»Du lässt dir von einem anderen ein Kind machen«, sagte ich ernst. »Aber gib acht, es muss ein Mann sein, der es nicht herumerzählt und der vor allem nicht später irgendwelche Vatergefühle entwickelt.«

»Und was sage ich meinem Verlobten? Dass es der Heilige Geist gewesen ist?«

»Das nicht gerade.« Und in diesem Moment hatte ich eine seltsame mystische Vision, einen wahnsinnigen Geistesblitz. Die Worte kamen aus meinem Mund, noch bevor ich kontrollieren konnte, was sie wirklich bedeuteten. Manchmal passiert das. »Du fängst damit an, plötzlich irgendeinen Heiligen zu verehren. Und dann, wenn du schwanger bist, lässt du alle wissen, dass es ein Wunder ist.«

Ich erzählte ziemlichen Scheiß.

Sie starrte mich immer noch an, und von ihrem Ausdruck her war klar, dass sie die Verarschung zu ahnen begann. Es war der Moment, noch eins draufzusetzen. Oder alles würde in sich zusammenbrechen.

»Es scheint verrückt, aber weißt du, wie viele Frauen das gemacht haben? Warum soll man auf ein Kind verzichten? Mutter ist, wer das Kind zur Welt bringt, doch Vater ist nur der, der es großzieht.« Das hatte ich in einer Sendung um Mitternacht im ersten Programm gehört. Und mir zu eigen gemacht. Früher oder später wird es mir nutzen, hatte ich gedacht. Und so war es gewesen.

Mariuccias Miene veränderte sich. Sie war reif für den Gnadenstoß. »Es ist ein delikates Thema, und nie und nimmer würde ich dir irgendwelchen Unsinn erzählen, glaub mir. Aber ich weiß, wovon ich spreche, denn auch meine Schwester hat es gemacht, und jetzt leben alle drei glücklich und zufrieden.«

»Deine Schwester?«, fragte sie erstaunt.

»Erzähl das bloß niemandem. Es ist das erste Mal, dass ich es einem Menschen anvertraue, aber du sahst so traurig aus …«

»Du kannst ganz beruhigt sein«, versicherte sie mir mit einer dünnen, schrillen Stimme. »Wem soll ich denn eine solche Geschichte erzählen?«

Ich hatte mich genug über dieses Dummchen amüsiert. Ich wünschte ihr alles Glück der Welt und ging zu Bianca zurück, die inzwischen mit ihrem Klatsch fertig war und sich zu fragen begann, wo ich geblieben war.

Bobo Nobile hielt Wort. Und Bianca schlug sich an dem Abend im Fernsehen ausgezeichnet. Sie empfing die Moderatoren von *Achten Sie auf diese Vier* freundlich und zuvorkommend, doch ohne die Hosen runterzulassen. Wenn sie das getan hätte, wäre sie von ihnen zerfleischt worden. Und da wäre kein Bobo Nobile gewesen, um zu verhindern, dass man ihr in der gemeinsten Sendung von Kanal *Buon Vivere* die Haut abgezogen hätte. Es gab kein Restaurant in Italien, das nicht danach strebte, in den Fängen dieser Vier zu landen, obwohl jeder wusste, dass es nur einigen Erwählten vorbehalten war, unbeschadet davonzukommen. Die Vier mussten irgendeine schlimme Rechnung mit dem Leben offen haben, einen saufenden Vater, eine hurende Mutter, einen pädophilen Großvater, einen Ehepartner, der sich davongemacht hatte, denn sie waren mit übermäßiger Bosheit dabei, ihre Opfer zu zerlegen. Nur ein höherer Grund konnte so viel Gemeinheit rechtfertigen. Oder vielleicht war es einfach die Spezialität des Hauses.

Bianca ließ zu, dass sie ihre Kameras und Scheinwerfer aufstellten, sie protestierte nicht, als sie anfingen, Tische und Stühle zu verrücken, um die richtigen Einstellungen und das beste Licht zu finden. Doch sie war zu keinen Zugeständnissen bei der Wahl des Menüs bereit. Dabei duldete sie keinerlei Einmischung. Ein Menü mit Meeresfrüchten wollte sie präsentieren, und genau das tat sie auch, obwohl einer der Moderatoren, ein stämmiger Typ mit runden Augen wie ein Ochse auf der Schlachtbank und einem seltsamen Tonfall (dass man meinen könnte, man hätte ihm gerade die Eier abgeklemmt) unbedingt wollte, dass sie wenigstens eine Portion Wildschweinbraten zwischen den Gängen einschob.

Stattdessen stellte Bianca ihm unseren jungen Chefkoch Gesuino zur vollen Verfügung. Und das Wildschwein wurde vergessen.

»Ein außergewöhnlicher Geschmack, der die alte Küche einer Stadt am Meer in Erinnerung bringt«, hieß es im abschließenden Urteil, das sie sich teilten.

»Eine arme Küche, eine Küche des Volkes, die ihre Stärke aus der Fischerei dieser noblen und stolzen Insel zieht.« Worte wie Honig.

»Das Calasettaner Katzenhaifilet, garniert mit Walnüssen aus den Wäldern von Aritzo, erfreut den Gaumen. Bei jedem Bissen meint man zu hören, wie das Wasser an die Klippen schlägt. Besonders als wir diese unvergesslichen Spaghetti mit Seeigelfleisch gekostet haben.« Und der dritte Moderator erinnerte sich daran, was ihm Eugenia, unsere Hilfsköchin, anvertraut hatte: »Nicht übertreiben mit den Seeigeln, Dottore, denn sie sind das Viagra der Sarden.« Sodass er weniger damit beschäftigt schien, die Serviette zwischen den Beinen zu richten, als zu verstehen zu suchen, ob diese Rückkehr des Frühlings nur Einbildung oder tatsächlich das Verdienst der Seeigel sei.

»Ein nobles Tier. Außen stachlig, verschlossen in sich selbst, birgt es doch in seinem Inneren einen süßen, reichen Schatz. Ein wenig wie der stolze Charakter der Sarden.« So schlossen sie die Sendung ab, während die üblichen folkloristischen Tänzer zu den Schlusstiteln erschienen.

Es war ein Triumph.

Als die Moderatoren gingen, versprachen sie gut gelaunt, dass es damit noch nicht zu Ende sei. Eugenia und Gesuino boten sich als Führer für eine Tour durch die Nacht an, zogen sich in aller Eile um und verwünschten es, nicht genug Parfüm zu haben, um den Fischgeruch an den Händen und in den Haaren zu überdecken. Sie wirkten wie zwei aufgeregte Kinder.

Bianca war professioneller. Sie hinterließ der Produktion lediglich ihre Adresse für zukünftige Kontakte. Dann verabschiedete sie sich von allen und ging nach Hause.

»Wie war ich?«, fragte sie mich, als sie unter die Laken schlüpfte.

»Göttlich«, antwortete ich.

»Habe ich es verdient, dass man mir die Füße und die Beine massiert?«

Ich küsste sie, und sie schlief ein, während ihre harten Waden sich endlich entspannten. Wir schliefen beide wie zwei kleine Engel.

Bianca war gut gewesen, und andere Sendungen mit ihr folgten, auch bei der Konkurrenz von *Buon Vivere*. Sie war glücklich, ich war glücklich. Dem *Chez Momò* gereichte es zum Vorteil, wir hoben die Preise an, meine Tarnung war sicherer denn je, und Bianca war ausgeglichen und zufrieden.

Besser geht's nicht, wie Gesuino in einem leicht melancholischen Ton sagte, weil er immer noch auf den Anruf des Moderators von *Achten Sie auf diese Vier* wartete, der ihm nach einem so herzlichen, über das geschäftsmäßig Normale hinausgehenden Empfang versprochen hatte, sich zu revanchieren, und ihn *unbedingt* zu einem Wochenende in seine Villa in Sabaudia einladen wollte. »Du kannst nicht Nein sagen, Gesuino. Du kannst nicht Nein sagen. Du musst unbedingt mein Gast sein. Unbedingt.« Und Gesuino hatte sich ein bisschen widerstrebend gegeben und war sogar ganz rot geworden. Und als der Anruf endlich kam, ging es um einige Informationen, wo man am besten einen Freund unterbringen könnte, der außerhalb der Saison aus beruflichen Gründen nach Sardinien kommen würde. »Ich zähle auf dich, Gesuino«, sagte der Moderator. Doch er erneuerte die Einladung nach Sabaudia nicht.

Eine Enttäuschung. Bei Gesuino begann sie sich auf die Arbeit auszuwirken, und ich schenkte ihm einen Kurzurlaub, begleitet von einem kleinen Vortrag. »Gesuino, du machst das falsch«, sagte ich, »du bist zu vertrauensselig, Arbeit ist Arbeit. Tu deine Arbeit, tu sie gut, Ende und aus. Mehr musst du nicht tun, mehr darfst du nicht erwarten. Wie kommst du dazu, ihn zur Hochzeit deiner Schwester einzuladen?«

Gesuino jammerte: »Aber er hat doch zu mir gesagt: ›Wehe, du lädst mich nicht ein, wenn du das nächste Mal so ein Essen machst.‹ Und da habe ich ihn eingeladen.«

Ich schüttelte den Kopf. »Gesuino, Gesuino, das war nur eine Höflichkeitsfloskel. Das sagt man nur so. Hast du je erlebt, dass ich es anders mache?«

Er sah mich an und seufzte: »Dottore, aber man kann nicht immer im Schützengraben leben, wie Sie das tun.«

Gesuino machte drei Tage Urlaub in Florenz. Eugenia fluchte, weil ein großer Teil der Arbeit auf ihren Schultern abgeladen wurde. Ich beschäftigte mich damit, meinen Schützengraben zu befestigen. Und Bianca setzte ihre Runde bei den Fernsehsendern fort.

2

Bei der Lebensmittelmanipulation war ich gelandet, nachdem ich eine Zeit lang in den Diskotheken des Veneto mit Ecstasy gedealt hatte. Ich war neunundzwanzig Jahre alt, hatte einen nutzlosen Uni-Abschluss und berufliche Aussichten der Art, dass sich für mich ein Leben mit niedrigem bis mittlerem Einkommen abzeichnete. Und ich wollte doch reich werden. Genau deshalb hatte ich mich für das Dealen mit Pillen in Diskotheken entschieden. Dann standen eines Nachts in der Gegend von Chioggia plötzlich vier übel aussehende Typen um mich herum und schleuderten mich gegen mein Auto.

Mein Kopf brummte, und aus einem Ohr lief Blut. Mein neues Hemd war genau da zerrissen, wo sich langsam ein solcher Schmerz ausbreitete, dass ich meinte, keine Luft mehr zu bekommen. Bestimmt war eine Rippe angeknackst, wenn nicht gar zwei.

Einer der Typen kam nahe an mich heran, packte meinen Kopf, um sich meiner Aufmerksamkeit sicher zu sein, und sagte ein paar unmissverständliche Sachen zu mir. Besser noch als an seine Finger, die sich in meine Wangen gruben, erinnere ich mich an seinen beißenden Geruch, als wäre ein Flakon einer Nobelmarke aus Versehen in einen Korb mit Sardellen geraten.

»Meine Tochter geht in diese Diskothek, und ich will nicht, dass sie von dir oder anderen Dreckskerlen mit irgendwelchem Mist abgefüllt wird.«

Er trug einen Anzug von Armani. Ich sah deutlich das Innenetikett, als er mit dem Arm zu einer kräftigen Ohrfeige ausholte.

Gleich darauf kam der Schlag, und danach lief nicht nur aus meinem Ohr, sondern auch aus meiner Nase Blut. Er machte sich das Hemd und die Krawatte damit schmutzig, die bestimmt von derselben Marke wie das Jackett und das Parfüm waren. Er gehörte offensichtlich zu den Leuten, die Geld hatten, aber nicht die Zeit, lange herumzusuchen. Ein einheitlicher, verlässlicher Stil bewahrte ihn vor Missgriffen. Wie der pH-Wert seiner Haut auf das teure Parfum reagierte, konnte er nicht vorhersehen.

»In Ordnung«, stammelte ich. »Sagen Sie mir, wer sie ist, und ich werde einen Bogen um sie machen.«

Der Typ schlug meinen Kopf ein paarmal gegen die Tür. Mein Schädel war eine Trommel. Seine Hände der Stock. Ich nahm die Töne nur unter Schwierigkeiten wahr, doch seine Worte erreichten direkt die Hirnrinde.

Wenn dies ein Film gewesen wäre. Wenn dies die Szene eines Films gewesen wäre, hätte jetzt die Filmmusik eingesetzt und die Bilder verstärkt. So ein Stück mit aufheulenden E-Gitarren. Eine schnelle Folge von Akkorden. *No Fun* mit der aasigen Stimme von Iggy Pop, der ein guter Freund von David Bowie gewesen ist. Aber es war kein Film, und es gab keine Musik.

»Du hast nicht verstanden«, knurrte der Typ. »Ich will, dass du acht gibst, dass niemand ihr mehr Pillen verkauft. Wenn sie mir noch einmal zugedröhnt nach Hause kommt, sind meine Freunde und ich gleich wieder da und brechen dir alle Knochen. Alle.«

Wenn man eine solche Tracht Prügel bezieht, springt man am nächsten Morgen nicht unbedingt wie ein Grille durch die Gegend. Ich brauchte Schmerzmittel, Mull und festes Verbandszeug, um mich wieder auf die Reihe zu kriegen. Dann machte ich ein paar Anrufe bei den Jungs, die für mich die Pillen in den Lokalen vertickten, weil ich wissen wollte, wer zum Teufel der rasende Vater und die verdorbene Tochter waren. Denn als er mich so theatralisch zusammengeschlagen und nach einer perfekten Choreografie verprügelt hatte, da hatte er doch glatt vergessen, sich vorzustellen.

Es war Gepi, einer von denen, die für mich in den Clubs der Provinz dealten, der herausfand, wer der Vater war und wie man ihn einordnen musste. Er kam mit zwei Pizzen, die er in dem schmutzigen Loch, das der Mann seiner Schwester betrieb, aus dem Ofen gezogen hatte. Er trug noch seine Kellnerklamotten und stank nach Fett. Seine schwarzen Augen waren dunkelrot umrandet. Sein Schwager war bis spät in die Nacht mit Tomatensauce und Mozzarella zugange, um die Kundschaft zu versorgen, die aus der benachbarten Diskothek kam: vier schwarz gestrichene Wände, wo Presslufthämmer und Eisenbohrer karambolierten. Was der DJ machte, hörte sich eher nach Fabriklärm als nach Musik an.

Der einzige Ton, der diese Bezeichnung verdiente, den man dort drinnen wahrnehmen konnte, war das Zähneknirschen auf der Tanzfläche, wenn wir es mit dem Amphetamin bei der Zusammensetzung der Pillen übertrieben hatten. Das war meistens so. Der Effekt heißt: Entgleisen der Kieferknochen. Je mehr Amphetamin man schluckt, desto nervöser wird man, desto heftiger zittert der Unterkiefer, geht nach rechts und nach links wie ein eisernes Rad, bevor er aus dem Gleis springt. Die Zähne reiben aufeinander, und es riecht verbrannt.

Verständlich, dass die Besucher der Diskothek sich dringend etwas zwischen die Zähne schieben mussten, nicht, weil der Magen es verlangte, der vom appetithemmenden Amphetamin wie mit Stacheldraht verschlossen war, sondern um etwas zu kauen zu haben, das ähnlich war wie Kaugummi, aber besser. Und die Pizza von Gavino, Gepis Schwager, war das Beste, was sie bekommen konnten. Klebrig und zäh. Ohne Geschmack und unverdaulich. Aber sie würden sie ja sowieso auskotzen.

Gepi vergiftete sie, wenn sie in die Disco gingen, Gavino, wenn sie rauskamen; aber er wusste es genauso wenig wie die Gäste des *Galax*, die niemals in ein anderes Restaurant reingekommen wären, so fertig, wie sie aussahen.

»Die Tochter heißt Sabrina.«

Gepi hatte wie immer gute Arbeit geleistet, und jetzt kam er mit den Ergebnissen an.

»Wir versorgen sie häufig mit Stoff, aber sie kauft nicht nur bei uns.«

Gepi hatte Sardinien nicht verlassen, um eine Arbeit zu finden, sondern um mit seiner aufzuhören. Er war ins Visier der Drogenfahnder geraten und wusste nicht, wie er sich tarnen sollte. Also besser für eine Weile verschwinden. Nachdem er sechs Monate lang zwischen den Tischen der Pizzeria *Antica Tuvixeddu* hin und her gelaufen war, hatte er kapiert, dass er mit siebenhundertfünfundvierzig Euro im Monat hier nicht weit kommen würde. Da hatte er wieder angefangen. Und arbeitete für mich.

»Sie geht zur Universität, eine wie du …«

Gepi erstattete Bericht und teilte die Pizza in kleine Stücke. Er hatte eine mitgebracht, die aus gutem Teig gemacht war. Ich konnte meinen rechten Arm noch nicht bewegen, und mir taten die Backen weh.

»Sie studiert von Montag bis Freitag, und am Samstag amüsiert sie sich, geht tanzen, wirft alles Mögliche ein und lässt sich im Hinterzimmer von einem durchtrainierten Security-Typ ficken. Am Sonntag erholt sie sich, und tags drauf geht sie wieder zur Uni.«

Gepi erzählte und schnitt sich selbst auch ein Stück Pizza ab, wobei er die Kapern und Sardellen runterschob. Er benutzte das Messer wie ein Chirurg das Skalpell, mit einem Anflug von Grausamkeit.

»Von diesen Scheißsardellen mit ihren Härchen kriege ich Jucken im Hals …«

Seine Erzählungen folgten nie einer geraden Linie, sondern einem vom Chaos diktierten Verlauf mit Querverbindungen, Parallelen und Sackgassen. Irgendwann aber erreichten sie immer ihr Ziel.

»Das machen jetzt alle so. Der alte Typ des Fixers, der dich um Geld anbettelt, ist im Aussterben begriffen. Unsere jungen Menschen heute wollen nur was haben, mit dem sie sich eine Nacht lang wohlfühlen, denn den Rest der Woche müssen sie brav studieren oder arbeiten.«

Gepi sprach, als wäre er auf einem Kongress über Psyche, Gesellschaft und neue Drogen. Er sprach, weil der bolivianische Koks, sein Lieblingsstoff, beim dritten Zug die Zunge löst und die Rezeptoren im Gehirn erweitert.

»Die Frauen sind außerdem die schlimmsten, sie sind völlig rational und verlieren nie die Kontrolle, auch nicht, wenn sie ausflippen. Das ist nämlich der Punkt. So eine ist deine Sabrina: Sie bleibt voll konzentriert darauf, das Ziel zu erreichen, selbst wenn es über ihren Möglichkeiten liegt. Sie geht nur deshalb zur Universität, weil man in ihrem Alter eben zur Universität geht, studiert mechanisch und bringt das gewünschte Ergebnis nach Hause, obwohl ich sicher bin, dass niemand sie dazu verpflichten würde. Schlimm finde ich, dass sie – ich habe mich gut informiert – der Typ ist, der sich alles ins Gedächtnis einprägt, sie schluckt es und speichert es, doch sie macht es sich nicht zu eigen. Aber das ist ja ihre Sache. Das Wichtige ist, dass solche Leute verlässliche Konsumenten sind, die immer Geld haben, um die Ware zu bezahlen.«

Ich weiß nicht, ob Gavinos Pizza schuld war oder die Prügel, die ich bekommen hatte, oder Gepis Gerede, doch mir wurde schwindlig.

»Ihr Vater heißt Ilario Sambin, er ist der Chef einer Fischergenossenschaft. Wenn er persönlich gekommen ist, heißt das, dass die Sache ihm am Herzen liegt, und wir dürfen seine Erwartungen auf gar keinen Fall enttäuschen, denn ich habe keine Lust, mit dir zusammen über längere Zeit im Krankenhaus zu liegen.«

Er hatte endlich seinen Bericht abgeschlossen. Mein Kopf war kurz davor, in tausend Stücke zu zerspringen.

»Gepi, du hast doch nicht etwa zwischen einer Pizza und einer Line Koks selbst angefangen zu studieren …«

»Ich rede gut, stimmt's? Ich habe jetzt Satellitenfernsehen, und ich sehe es mir nicht nur an, ich höre auch zu: RAI Educational, National Geographic, Discovery Science, und ich lerne, ja, auch ich lerne.«

Gepi bekam den Auftrag, allen Dealern eine klare Ansage zu machen, und niemand wagte es mehr, Sabrina eine einzige Pille zu verkaufen. Ich schickte ihn auch zu dem Typ von der Security, mit dem sie samstagabends vögelte. Er war ein Schönling ohne eine Spur von Hirn, und ich wollte nicht das Risiko eingehen, dass er sie unglücklicherweise schwängerte. Als Gepi den Namen Sambin erwähnte, wurde der Typ blass und verlor all seine im Wellnesscenter mit Solarium für fünfunddreißig Euro die Stunde erworbene Bräune. »Nachricht angekommen«, murmelte er.

Doch es nutzte nichts. Sabrina wechselte die Lokale und das Umfeld. Sie tarnte sich besser, unter Leuten aus ihren Kreisen. Sie gab die Samstagnacht mit Arbeitern und Amphetaminen zugunsten einer geordneteren Donnerstagnacht auf. Aber sie trieb mehr oder weniger das Gleiche wie vorher. Schließlich war ich gezwungen, mich selbst darum zu kümmern.

Das *Planet* war ein vollkommen weißes Lokal. Weiß die Wände, weiß die großen Ledercouches, weiß und rein das Kokain, das sich die Kundschaft in den endlosen, riesigen, schneeweißen Toiletten reinzog.

Das Licht dagegen war von einem sanften Blau. Man meinte, in einer luxuriösen Kühlzelle zu sein. Eisig, perfekt.

Ein anderer Kontinent, zwei Ozeane entfernt vom *Galax*, wo Ketamin, gemischt mit Ecstasy oder Amphetamin, vergessen ließen, dass dies nur eine elende Garage war, die nach Pisse und Bier stank, für wenig Geld von ein paar kleinen Gangstern gemietet, die mit der Kasse einer Provinzdisco durchgebrannt waren.

Durchs *Planet* wehte der Schnee mit der gleichen Leichtigkeit, mit der die Gäste durch den Raum schwebten, in perfekter Pose für ein Foto in einer Hochglanzzeitschrift. Keine prolligen Piercings, keine wilden Tänze, keine Schreie, kein Schweiß. Die Mädchen bewegten im Rhythmus der Musik ihre zarten nackten Füßchen, die Jungs wiegten die Hüften in konzentrischen Kreisen. Junge Damen und Kavaliere des neuen Jahrhunderts.

Alles war verhalten. Die Musik, die im *Galax* das Trommelfell durchbrach und – je nachdem – auch den Schließmuskel löste, war hier ein sanftes, mit Bratschen und Geigen verbrämtes Trommeln. Genau der richtige Rhythmus, um vollgepumpt mit Schnee umherzuschweben, ohne sich die Kleider zu zerknittern.

Sabrina war da, in einem leichten, transparenten Seidenkleid, hohen, mit Swarovski-Kristallen besetzten Sandalen, die zu ihren hellen, mit rotem Kajal umrandeten Augen passten. Sie wirkte wie eine außerirdische Schönheit. An ihrer rechten Seite ein Typ, der ihr etwas ins rechte Ohr flüsterte, an ihrer linken Seite ein anderer Typ, der ihr etwas ins linke Ohr säuselte. Sie lachte quiekend und streichelte die beiden. Es war klar, worauf sie sich vorbereiteten, und wie das Programm für das Ende des Abends aussah. Was die Jungs nicht vorhersehen konnten, war die von Gepi und mir vorbereitete Variante.

Wir erwarteten sie in den Toiletten, denn wir waren sicher, dass sie früher oder später dorthin kommen würden, weil sie sich noch was in die Nase ziehen wollten, um cooler denn je zurückzukehren und dann mit Sabrina abzuziehen. Wir mussten nicht besonders lange warten, und wie das Übrige ablief, ist klar. Es hieß: Strategie des Terrors.

Zum Schluss gab es auch einen Dreier, allerdings an der Trage: Arzt, Sanitäter und Patient in einem Krankenwagen der Barmherzigen Brüder, dem in kurzem Abstand ein anderer vom Roten Kreuz folgte. Gemeinsam rasten sie mit heulenden Sirenen zum Krankenhaus.

Sabrina hingegen ging allein nach Hause.

Zwei Wochen lang fluchte Gepi, weil sie es in der Reinigung nicht geschafft hatten, die Blutflecken aus seiner weißen Hose aus der neuen Kollektion von Dolce & Gabbana herauszubekommen. Aber das tat er eher, um sich aufzuspielen, weniger aus Überzeugung. Es zählte nur, dass unsere Pressemitteilung klar und deutlich im *Planet* angekommen war: Sabrina Sambin ist tabu.

Und Sabrina blieb auch in den nächsten Wochen allein. Mit ihren zarten Füßen schlug sie gelangweilt den Takt, während sie auf einem Hocker nahe der Bar saß und zuschaute, wie sich das Karussell ohne sie im Kreis drehte. Selbst die Solidarität ihrer zwei oder drei Freundinnen zerbröckelte am zweiten Wochenende, denn ohne Drogen und scharfe Typen, die man mit ihr teilen konnte, war sie nur noch eine peinliche Belastung.

Doch sie gab nicht auf. »Ich hab mindestens sieben Leben zu vergeuden. Sieben wie jede Katze«, schrieb sie in einer SMS, die sie an alle schickte, deren Nummern sie in ihrem goldenen, superflachen Handy gespeichert hatte. Aber sie bekam keine Antwort. Man hatte sie verbannt, sie und ihre – trotz tadellosem Studienverlauf, den ihr Vater zu ihrem Glück zum richtigen Zeitpunkt zu befördern wusste – ungrammatischen Nachrichten. Jetzt würde ihr niemand mehr helfen. Das war ihr klar geworden. Und dieser und einer anderen Sache war sie sich sicher: Wenn ihr irgendjemand das Leben ruiniert hatte, dann war ich das. Wenn es irgendjemand wieder in Ordnung bringen könnte, dann war ich das ebenfalls. Eines ihrer sieben Katzenleben hatte sie schon im *Galax* gelassen, ein weiteres im *Planet*. Es blieb ihr nichts anderes übrig, als das dritte mit mir aufs Spiel zu setzen.

Zuerst war es ein Spiel mit Blicken. Dadurch, dass ich an ihr klebte, dass ich ihr Wachhund war, begannen wir Blicke zu tauschen. Sie machte eine einfache Rechnung auf: Wenn ich der Schlüssel gewesen war, der ihr alle Türen verschlossen hatte, würde derselbe Schlüssel auch in der Lage sein, ihr alle Türen wieder aufzuschließen. Kurz und gut: Sie verwechselte mich mit der Fernbedienung eines Autos. Und sie versuchte die richtigen Tasten zu drücken. Vor allem weil sie wissen wollte, warum ich so verbissen bei der Sache war.

Als ersten Versuch spielte sie mir einen Blankoscheck zu. Doch damit handelte sie sich nur eine Ohrfeige ein. Ich schickte Gepi los, sie ihr zu geben, und bewegte mich selbst nicht von der anderen Seite der Theke im *Planet* weg.

Beim zweiten Versuch saß sie plötzlich in meinem Auto, als ich vor dem Eingang eines Multiplex-Kinos parkte. Ich wollte mir einen Solo-Kinoabend genehmigen. Ich gehe gern allein ins Kino. Man kann den Film genießen, ohne dass man jemandem die Handlung erklären muss und, kaum ist das Licht wieder an, gefragt wird: »Na, hat's dir gefallen?« Eine Frage, die mir den Abend verderben kann: Sie reißt einen unangenehm aus dem Film heraus, während man noch im Kinosessel versunken ist, den Abspann genießt und langsam in die reale Welt zurückkehrt. »Na, hat's dir gefallen?« Das ist eine Frage, die man mir im Kino nicht stellen darf, und auch nicht nach dem Vögeln, wenn ich schwer atmend den Augenblick noch ein bisschen genießen möchte. Dieser Atemzug, der einen vom Ende trennt, dieser körperlich-geistige Zustand nennt sich Verlängerungseffekt. Wir Dealer sprechen vom langsamen Runterkommen nach dem Kick, bis man wieder im Normalzustand ist. Dann ist das Feuerwerk zu Ende.

An jenem Abend war ich also auf einen Film ohne Unterbrechungen eingestellt. Aber so lief es nicht.

Sie saß plötzlich auf dem Beifahrersitz.

»Fahr mich ein bisschen spazieren«, sagte sie, legte mir ihre Hand auf den Oberschenkel und warf mir einen Blick aus ihren strahlenden Augen zu.

Das fing nicht gut an, das fing sogar sehr schlecht an. Nie und nimmer hätte ich die Tochter von Ilario Sambin angetastet. Mochte sie auch eine stolze Erscheinung von einem Meter achtzig sein, mochte sie auch eine tolle Figur haben, mochte sie auch duften, dass alle Hormone strammstanden und paradierten, so war sie doch die Tochter eines Mannes, der mich wegen sehr viel weniger fertiggemacht hatte.

»Ich habe noch nie einen so grausamen Verehrer gehabt«, sagte sie.

Ich sah sie an und hätte am liebsten losgeprustet. Ich fragte mich, wie die Natur in einen so perfekten Körper ein so defektes Hirn hatte stecken können.

In solchen Situationen kann man zwischen zwei Wegen wählen. Der erste folgt den Regeln der raffinierten Technik der Lüge. Der zweite den noch perfideren Regeln der Wahrheit. Es war der Augenblick gekommen, ihr die Wahrheit zu sagen.

Meine Lehrer am Gymnasium hatten mir immer gesagt, dass ich besonders gut darin sei, mich mit Worten aus der Affäre zu ziehen, und bei Sabrina nutzte ich alle Tricks meines Repertoires.

Sie weinte vor Wut, und nachdem sie ihre Tränen getrocknet und ihr Make-up aufgefrischt hatte, verfiel sie in hartnäckiges Schweigen. Ich ließ sie vor der Villa ihrer Familie aus dem Auto, und als ich sah, wie sich das Tor hinter ihr schloss, stieß ich einen Seufzer der Erleichterung aus. Ich hoffte, dass sie sich nie wieder sehen ließe, denn ihr Kindermädchen zu spielen schadete dem Geschäft.

Ein paar Tage später hockte der Typ, den ich als rechte Hand von Ilario Sambin kannte, auf der Motorhaube meines Geländewagens und wartete auf mich. Ich wusste, dass er Parenti hieß. Niemand hatte mir seinen Vornamen sagen können. Alle nannten ihn immer nur beim Nachnamen. Er war groß, hager und durchtrainiert. Er musste um die fünfunddreißig sein, und sein Gesicht mit den feinen Falten um den Mund und den grünen Augen ließ es angeraten scheinen, vorsichtig und überlegt mit ihm umzugehen. Er war ein übler Typ und tat nichts, es zu verbergen. Er hatte immer einen Köter an der Leine dabei. Eine Art weißes Krokodil mit spitzer Schnauze und einem schwarzen Fleck über dem linken Auge. Ein beschissener Hetzhund, still und gemein wie sein Herr. Es ging das Gerücht, dass er darauf trainiert sei, sich in den Eiern festzubeißen. Ich weiß nur, dass er in der Nacht, als sie mich verprügelten, nicht eingegriffen, sondern sich darauf beschränkt hatte, an ein Rad meines Autos zu pinkeln.

»Ilario will dich sprechen«, sagte Parenti.

»Ich habe getan, was er mir gesagt hat«, entgegnete ich erschrocken.

Parenti grinste mich boshaft an. »Gib mir den Schlüssel«, befahl er. »Ich fahre zu gern mit diesen protzigen Kisten.«

Ich rührte mich nicht, unentschlossen, ob ich eine Flucht zu Fuß wagen sollte oder mich dem Vater dieser kleinen, mit Drogen vollgestopften Schlampe stellen, die sich bestimmt wieder in irgendeine Scheiße geritten hatte.

Parenti bemerkte es, er konnte Angst wittern. »Ich muss dich zu Ilario bringen, in sein Büro. Er will nur mit dir reden. Denk erst gar nicht dran wegzulaufen, denn wenn ich dich nicht kriege, dann packt *er* dich mit Sicherheit.« Er zeigte auf das weiße Krokodil. »Ich habe ihn dir noch nicht vorgestellt, oder?« Er ging in die Hocke, um den dreieckigen Kopf dieses seltsamen Hundes zu streicheln. »Es ist ein English Bull Terrier. Ich habe ihn selbst bei einem Züchter in Birmingham abgeholt.

Starkes Temperament, stählerner Biss, und obwohl er schwerfällig aussieht, von einer so außergewöhnlichen Beweglichkeit, dass du dir sie nicht mal vorstellen kannst.« Mit einer schnellen Bewegung von Daumen und Zeigefinger machte er ihm das Maul auf. »Siehst du die Zähne? Und dann ist er auch noch sehr gut abgerichtet.«

Der Hund bewegte sich keinen Millimeter, wirkte wie eine Marmorstatue. Parenti gab ihm einen Klaps auf den Bauch, fast so etwas wie eine zärtliche Geste. »Das ist Gigi Vianello«, sagte er zu dem Hund. Dann sah er mich an. »Er heißt Giuda«, erklärte er und beendete damit das Vorstellen.

Zehn Minuten später saß ich Ilario Sambin gegenüber. Er musterte mich lange, bevor er den Mund aufmachte. »Meine Tochter hat sich in dich verknallt«, verkündete er.

Ich hätte meinen Kopf am liebsten gegen die Wand geballert. So ein paar Schläge mit dem Schädel gegen Beton, um mich ins Koma zu versetzen. Wenn ich es nicht selbst tun würde, dachte ich bei mir, würden sie sowieso gleich dafür sorgen.

Sambin holte Luft und gab dann seine Entscheidung bekannt: »Sie hat mich gebeten, dich sehen zu dürfen, und ich habe beschlossen, ihr den Wunsch zu erfüllen, aber unter folgender Bedingung: Du hörst mit dem Dealen auf und arbeitest für mich.«

Ich starrte ihn verblüfft an. Einen Moment lang, aber nur für den Bruchteil einer Sekunde, war ich versucht, ihm mitzuteilen, dass es nicht zu meinen Plänen gehörte, mich mit Sabrina zu verloben, doch ein Blick zu Parenti, der an einer Wand lehnte und die Szene genoss, genügte, um darauf zu verzichten. Giuda hatte den Kopf auf seine Füße gelegt und döste, oder tat so.

»Behandle meine Tochter gut«, fuhr Ilario Sambin fort. Dann stockte er und sah mich missmutig an. »Was zum Teufel ist mit deinen Augen los?«, fragte er.

»Nichts, die sind von Geburt an so«, antwortete ich.

Ilario Sambin war nicht überzeugt, und sein Gesicht hatte sich zu einer Grimasse zusammengezogen. »Aber du siehst doch gut? Oder? Du bist nicht etwa halb blind?«

»Nein, ich bin nicht halb blind«, antwortete ich. »Ich sehe sehr gut. Was ich habe, nennt man Heterochromie.«

»Hetero... Heterowas?«

»Diese Sache heißt Heterochromie.« Dann sagte ich es Silbe für Silbe: »He-te-ro-chro-mie. Es kommt nicht häufig vor, betrifft ungefähr ein Prozent der Bevölkerung. Es kann infolge von Augenkrankheiten oder Verletzungen auftreten, aber normalerweise ist es genetischen Ursprungs und gutartig, wie in meinem Fall.«

Sambin musterte mich zweifelnd: »Du bist also kein Krüppel?«

»Nein, nein.«

»Sehr gut«, sagte er. »Und es ist keine Erbkrankheit ...«

»Nein«, versicherte ich ihm. Auch wenn ich davon nicht überzeugt war, ich hatte mich nie darum gekümmert, die Sache zu überprüfen. In meiner Familie war ich jedenfalls der Einzige mit dieser Besonderheit.

»Gut, nur um sicher zu sein, nachher nicht einen Enkel mit deinen blöden Augen zu haben.« Und hier ereiferte sich Ilario Sambin: »Über Kinder reden wir natürlich nach der Hochzeit.«

Ich konnte es nicht glauben. Ich war in einem Albtraum gelandet. All das hatte ziemlich wenig mit der Realität zu tun.

»Verstehst du, was ich meine? Ihre Mutter und ich, wir sind ein bisschen altmodisch, was bestimmte Dinge angeht, und wir wollen keine Hochzeit erleben, bei der die Braut einen dicken Bauch hat.«

Ich schluckte schwer. Diese Leute sind nicht normal, dachte ich, doch ich antwortete nur: »Machen Sie sich keine Sorgen.«

»Also abgemacht. Morgen früh um halb sechs will ich dich am Hafen sehen, und Sonntag erwarten wir dich zum Mittagessen. Bring meiner Frau Blumen mit, nie Süßigkeiten. Daran denkt sie schon selbst.«

Wie ein Roboter ging ich aus dem Zimmer, überzeugt davon, dass die Überraschungen des Tages zu Ende wären, aber sie waren noch nicht zu Ende.

»Sabrina gehört mir«, verkündete Parenti und misshandelte die Gangschaltung meines Geländewagens, während sein Hund sich auf dem Rücksitz im Kreis drehte und die Position suchte, die für ihn am bequemsten war. »Ich werde sie zum Altar führen. Sieh zu, dass sie dich bald sitzen lässt, schließlich weiß ich, dass du dir überhaupt nichts aus ihr machst.«

Das Schlimmste kam jetzt noch in Form von Eifersucht. Nach der durchgedrehten Schlampe von Tochter mit einem kleinen Paten als Vater tauchte auch noch der Thronanwärter auf. Jascheißenochmal, in was für eine verdammte Geschichte war ich da geraten. Nicht zu glauben. Ich hätte nicht gedacht, dass es so etwas und dass es solche Leute gab. Aber doch, da waren sie ja, plötzlich standen sie alle vor mir und wollten mein Leben radikal verändern, das zugegebenermaßen nicht gerade auf Ruhm und Erfolg zusteuerte, aber doch irgendwie ausgeglichen war, ein Leben von dieser Welt und nicht eins von einem fremden Planeten wie bei den Sambins. In diesem Moment war es, bei dieser schnellen Überlegung, dass ich begriff, wo der Hoffnungsschimmer war. Meine Stärke, ihre Schwäche.

Ich sah Parenti gerade in die Augen. »Einverstanden«, sagte ich. An diesem Morgen musste ich zu allem Ja sagen. Doch mein Gehirn funktionierte wieder. »Aber wenn sie dir so gefällt, warum sagst du es ihr nicht? Dann brauche ich wenigstens nicht um fünf Uhr morgens aufzustehen.«

»Du überzeugst sie, dass du nicht der Mann ihres Lebens bist, oder ich sorge dafür, dass deine Echsenaugen noch 'ne ganz andere Farbe kriegen.«

Tatsächlich war leicht zu verstehen, dass Parenti Sabrina nicht gefallen konnte. Und Ilario Sambin hatte sonst keine Kinder: Wer seine Tochter heiratete, würde sein kleines Reich erben. Die Genossenschaft war nur Fassade. Sambin gehörte der ganze Laden.

Ich betrachtete mit ein ganz klein wenig Nostalgie eine Tüte mit 2600 Ecstasy-Pillen auf dem Küchentisch meiner Wohnung. Es war die letzte, die ich noch hatte, ich wartete auf Gepi, der vorbeikommen und sie mitnehmen sollte, ich würde ihm einen sehr guten Preis machen, ihm die Pillen quasi schenken. Es sollte so etwas wie seine Abfindung sein, da ich ja die Firma dichtgemacht hatte. Ich würde ihm den Kundenstamm, die Kontakte und die Leitung des Ganzen überlassen. Es ist immer besser, einen Freund, einen Schuldner zurückzulassen, eines Tages könnte sich das als nützlich erweisen. Die Klingel schrillte, es klang hysterisch. Ich verstaute die Pillen wieder in ihrem Versteck und ging öffnen.

Es war Sabrina.

»Was zum Teufel hast du dir dabei gedacht?«, knurrte ich und packte ihren Arm.

Sie machte sich los und setzte sich auf die Couch im Wohnzimmer. »Warum behandelst du mich so?«, fragte sie und fing an zu wimmern. »Du hast mir doch auf jede mögliche Art zu verstehen gegeben, dass ich dir gefalle.«

Ich sah sie an und verlor den Mut. Ein armes Geschöpf, für das es keine Hoffnung gab. Durch Koks und Pillen waren ihre grauen Zellen zu Brei geworden, mal vorausgesetzt, in ihrem Hirn hatte es je so etwas gegeben. Das einzig Vernünftige war, dem Plan zu folgen. Ich holte eine Pille und gab sie ihr. »Entschuldige«, sagte ich. »Aber es ist alles so schnell gegangen.« Und da ich nun mal da war, nahm ich, was sich mir bot.

Das erste sonntägliche Mittagessen war eine Tragödie.

»Gigi, Schatz, ich habe für dein Handy die Option *Ti Amo Ti Amo I Love You* genommen, du rufst mich, und ich rufe dich so gut wie gratis an: Der Rückruf ist kostenlos, 25 500 SMS gratis bis Ende März, Tarif *Magic Nights* Montagnacht, Mittwochnacht, Freitagmorgen, Tarif *Light Hot Raggazza on Line* zur Mittagszeit am Samstag, Donnerstag und Dienstag.«

Ich sagte ihr nicht, dass wir, weil wir Ende Februar

hatten, es wohl kaum schaffen würden, die 25 500 Gratis-SMS zu verschicken. Dann schauderte ich bei dem Gedanken, dass es doch passieren könnte. Also blieb ich still und setzte mich auf eine der kanariengelben Couches der Villa Sambin. Früher war es die Villa Clara gewesen, im Besitz der letzten Erben der Grafen Giuliani (der Geschwister Edoardo, genannt Dodo, und Clara Giuliani di Monte Basso), die – damit sie nicht im Gefängnis landeten oder ihr Hauptgläubiger sie zusammenschlug – Sambin alles für wenige Euro überlassen hatten: einschließlich Park, Innenhof, Dienstbotenhaus, Schwanenteich, Stallungen mit den vier englisch-arabisch-sardischen Pferden.

Beim ersten sonntäglichen Mittagessen stellte sich heraus, dass Signora Sambin noch durchgedrehter war als ihr Mann und ihre Tochter zusammen. Sie aß wie ein Scheunendrescher, lachte ununterbrochen und redete ohne Ende zusammenhangloses Zeug. Ein rascher Blick in das Schränkchen im Bad im ersten Stock bestätigte den Verdacht, dass die Signora sich mit allen legalen, in der Apotheke erhältlichen Substanzen vollstopfte. Die Mutter-Tochter-Duette waren irrsinnig, doch Ilario Sambin beachtete sie nicht. Hin und wieder sah er mich an und zwinkerte mir zu. Wir verbrachten den Nachmittag damit, die Ergebnisse der Fußballspiele zu verfolgen, und zwar auf einem hochauflösenden Bildschirm, der neben einem von einer Handwerkerfamilie aus Cervinia handbemalten antiken Keramikkamin platziert war. Sie schmückten und wärmten jedes Zimmer dieses kleinen Palasts, der in die falschen Hände geraten war.

Sabrina wandte ihre Augen nicht vom Handy. Ihre perfekten Finger tippten rasend schnell tausend Wörter an ihre Freundinnen, die plötzlich wieder aus ihren Löchern aufgetaucht waren. Der Sturm war vorbei.

Ilario, ihr Vater, war kein Anhänger einer bestimmten Mannschaft. Ihn interessierten eher die Endresultate und die Leistung einzelner Spieler, die er aufmerksam beobachtete, als ginge es dabei um persönliche Angelegenheiten. Beim Abpfiff stand er auf und gab mir ein Zeichen, ihm zu folgen. Sabrina rührte sich nicht aus ihrem Sessel, die Mutter stieg die Treppe zum zweiten Stock hoch, gestützt von einer Filipina, die nur unter Schwierigkeiten ihr Gewicht halten und das ständige Schwanken dieser armen Frau, die schon am frühen Nachmittag völlig jenseits war, auffangen konnte.

»Gigi, Schatz, soll ich für dich eine Option auf das Paket *Sport & Business* machen? Du erhältst die Videos mit den Toren der Woche und 25 500 MMS mit den Notierungen der von dir ausgesuchten Aktien. Tarif *Baci Rubati Fast Provider* am Montag-, Donnerstag- und Sonntagabend. Tarif *Donna Sempre Viva Line* um die Mittagszeit am Samstag, Mittwoch und Dienstag. Oder die Option *Cuore to Cuore* …

Ich antwortete ihr nicht und folgte ihrem Vater, mehr aus Verzweiflung als aus Überzeugung. Als wir in seinem Mercedes saßen, sagte Sambin: »Jetzt gehen wir zu den Huren.«

Wie ich schon sagte: Ich war in einem Albtraum gelandet.

Wir fuhren ein gutes Stück, bis wir schließlich zu einem Einfamilienhaus kamen, wo zwei dreißigjährige Hausfrauen auf uns warteten, die sich prostituierten, um das Gehalt ihrer Männer aufzubessern.

In seinem Zimmer brüllte Ilario wie ein Gorilla. Ich schaltete den Fernseher ein, zappte durch die Kanäle und beschränkte mich darauf, auf dem Bett zu sitzen, während die Frau mit ihrem Mund zwischen meinen Beinen zugange war. Ich hatte kein bisschen Lust. Umso weniger, als ich bei einem Blick von oben bemerkte, dass am Scheitel ihrer Haare fette Schuppen klebten.

Als sie den Kopf wieder hob, sah die Hausfrau mich verblüfft an.

»Was für komische Augen du hast. Du bist doch nicht blind?«

Ich stand auf, zog den Reißverschluss der Hose zu und schüttelte den Kopf.

»Wasch dir lieber mal die Haare«, riet ich ihr und warf das Geld aufs Bett.

Auf der Rückfahrt philosophierte Sambin über des Leben und den Reichtum, und was er sagte, zog gleich meine Aufmerksamkeit auf sich.

»Mein lieber Gigi. Glaub nicht, dass ich ein Trottel bin«, sagte er und fuhr gelassen weiter, während er auf den Tasten seines neuen Navigationsgeräts herumtippte. Auch wenn er den Weg sehr genau kannte, schien es ihm zu gefallen, sich von der sanften weiblichen Computerstimme lenken zu lassen, die ihm Anweisungen gab, wann er abbiegen und wann er geradeaus fahren sollte. Dieses sprechende Ding auf dem Armaturenbrett war bestimmt ein Geschenk von Sabrina. »Nach zweihundert Metern rechts abbiegen, nach zweihundert Metern rechts abbiegen …«

»Glaub nicht, dass ich keine Informationen über dich

eingeholt habe. Ich weiß, dass du aus einer anständigen Arbeiterfamilie stammst, und ich verstehe dich: Wenn du vom rechten Weg abgekommen bist, dann nur, weil du ein ehrgeiziger junger Mann bist.«

Der Navigator riet ihm, rechts abzubiegen, um einen Bahnübergang zu vermeiden. Nur dass weit und breit keine Gleise zu sehen waren.

»Du erinnerst mich daran, wie ich als junger Mann war. Auch ich war ein Hitzkopf – aber was soll ich dir sagen? In Wirklichkeit suchte ich nur meinen Weg. Mein Vater war Fischer, und nein, nein, mein lieber Gigi, so wie er wollte ich sicher nicht enden, zugrunde gerichtet von seiner Arthrose. Und weißt du, was ich kapiert habe?«

Ich schüttelte den Kopf, während ich das Gefühl hatte, dass der Navigator uns immer weiter weg von unserem Ziel brachte.

»Ich habe begriffen, dass man, wenn das Leben einen betrügt, das Leben betrügen muss.«

Ilario Sambin schwieg und sah mich an, als erwarte er Zustimmung für einen Satz, der – da hatte er keine Zweifel – voller Weisheit war.

Ich nickte und versuchte das beste anerkennende Lächeln aufzusetzen, das ich zustande brachte. Ich sah ihm in die Augen und sagte: »Genial, Signor Sambin.«

»Ach hör doch auf mit dem Signor Sambin, nenn mich Ilario.«

»Ilario ...«, wiederholte ich leise und mit dem gebotenen Respekt.

Die Taktik hieß: Schmeichelei.

Der Navigator gab weiterhin sinnlose Anweisungen,

doch Sambin schien nicht mehr darauf zu achten. Wenn es gegangen wäre, hätte er auf Autopilot gestellt.

»Mein lieber Gigi, meine Geschäfte funktionieren, sage ich mal, nach einem hübschen kleinen System, das ich entwickelt habe. Doch ich werde langsam müde, und ich brauche einen Mann, dem ich vertrauen kann, einen Mann, der schlau, folgsam, treu, doch voller Unternehmungsgeist ist.«

»Warum nicht Parenti?«, fragte ich.

»Würdest du einem Typ vertrauen, der immer mit dieser weißen Bestie herumläuft, die aussieht, als wäre sie der Hölle entsprungen? Bei einem, der seinen Hund Giuda nennt, werde ich nervös und habe einfach kein gutes Gefühl.«

Sambin zog die Brauen hoch und schüttelte zum ersten Mal bei einer neuen Anweisung des Navigators den Kopf. »Fahren Sie auf der rechten Spur in den Kreisverkehr.« Weit und breit war nichts Derartiges zu sehen, es ging immer nur geradeaus.

»Parenti ist ein ausgezeichneter ...«, ihm fiel das Wort nicht ein, »ein ausgezeichneter ...«, und jetzt schenkte er schließlich doch den Anweisungen des Bordcomputers mehr Aufmerksamkeit, »ein ausgezeichneter ... Wie sagten die alten Römer noch gleich dazu ... Ah, ja, ein ausgezeichneter ... Wie hießen die kaiserlichen Leibwächter noch gleich?«

»Prätorianer ...«

»Ja, genau, bravo. Ein Prätorianer. Und das ist es dann auch: grausam, gehorsam, aber ohne ... ohne ... Kurz und gut, Gigi, für Familienangelegenheiten braucht man einen aus der Familie. Die Familie, die Familie ist die einzige Rettung in dieser Welt, die vor die Hunde geht ...«

Ilario Sambin reagierte schnell und entschieden. Er stieg mit dem rechten Fuß auf die Bremse und verhinderte, dass der Mercedes mit uns darin in einem der Bewässerungskanäle des Ackers landete, auf den wir dank des Navigationssystems geraten waren.

Er packte das Gerät, verfluchte alle Heiligen im Himmel, riss die Anschlüsse ab, öffnete die Wagentür und warf es hinaus, stieg dann aus dem Auto und begann auf dem Ding herumzuspringen und es kaputt zu treten.

Eines war sicher: Mit Ilario Sambin würde ich mich niemals langweilen.

Schwitzend und schwer atmend ließ er davon ab, auf den Resten des Navigators herumzutrampeln. Er richtete seine Jacke und stieg wieder ins Auto.

»Die Familie, Gigi, die Familie ... Aber wenn du mich betrügst ...« Er wies mit dem Zeigefinger auf das, was vom Navigationsgerät noch übrig war.

Die Botschaft dieses Abends was klar: Folg mir, Junge, und ich fülle deine Taschen mit Geld.

Nach kurzer Zeit verstand ich, wie die Genossenschaft funktionierte, und ich erkannte, dass dieser Mann schlau und grausam war: ein Fuchs bei den Geschäften, ein Hai bei ihrer Verteidigung.

Das wirkliche Geschäft waren die Venusmuscheln. Die Fischer der Genossenschaft sammelten sie in den am stärksten verseuchten Zonen der Lagune von Venedig, etwa direkt neben Werken der chemischen Industrie, umgeben von Dutzenden von Schildern, die den Fischfang jeder Art untersagten. Da dies illegal war, wollte Sambin natürlich schwarz bezahlt werden, und die Fischzuchtbetriebe und Firmen, die das Produkt kauften, um es überall in Italien weiterzuverkaufen, legalisierten die Muscheln durch falsche Rechnungen und Sanitätskontrollen. Der Genossenschaft stand ein Stück der Lagune zur Verfügung, das einen jährlichen Ertrag von neunzigtausend Kilo erwarten ließ, doch mit diesem kleinen Trick kam sie auf anderthalb Millionen.

Sambin brachte eine Menge Geld in Umlauf, so viel, dass er gezwungen war, es zu waschen. Darum kümmerten sich ein Steuerberater und zwei Bankdirektoren. Geld, von dem auch ich einen satten Anteil bekommen konnte, wenn ich dafür Sabrina und ihre Verrücktheit ertrug. Im Grunde war es nicht schwierig, mit ihr fertig zu werden. Jeden Samstag gab ich ihr ein paar Pillen, die ich von Gepi bekam, und knallte sie im Hinterzimmer vom *Planet*, wie sie es gern hatte. Den Rest der Woche waren wir zu beschäftigt, ich mit ihrem Vater und sie mit der Uni. Wir schafften es gerade mal, uns zum Abendessen mit ihren Freundinnen zu sehen. Das Schlimmste kam nachts: eine gute halbe Stunde am Telefon für Gutenachtküsse. Sie verschickte sie nach einem festen und unveränderlichen Programm: zuerst auf dem Video-Handy, dann mit wenigstens einem Dutzend MMS und ungefähr zwanzig SMS. Da war nichts zu machen.

Das war der Preis, den ich zahlen musste, wenn ich Ilario Sambin endgültig und vollständig gewinnen wollte. Nachdem er meine Zuverlässigkeit überprüft hatte, beschloss er, mir zu vertrauen und mich in Kontakt mit den Kunden zu bringen. Ich war der Einzige, der es geschafft hatte, eine Bresche in die uneinnehmbare Festung seiner Geschäfte zu schlagen, der Einzige, der durch das Hauptportal eingetreten war, weil ich seine Tochter bei der Hand genommen hatte. Ich hatte ein Problem für ihn gelöst und vor allen Dingen sein Gewissen beruhigt. Jeder Mann, auch der härteste, hat seine Bruchstelle, und bei Ilario Sambin war dies Sabrina. Das hatte ich an dem Tag, als mich dieser hinterlistige Parenti angesprochen hatte, klar verstanden, aus seinen Worten herausgehört, die eine leise, aber doch wahrnehmbare Sorge verrieten. Er wusste, dass ich bei der Sache Erfolg haben könnte, an der er seit langer Zeit ohne Ergebnis arbeitete.

Auf diese Weise lernte ich, mich im Bereich Lebensmittelmanipulation zu bewegen. Mein Lehrer war dabei neben Sambin ein Typ, dem ungefähr zwanzig Supermärkte überall in der Brianza gehörten. Er mochte mich und lud mich häufig ins Restaurant ein, um mir die Perlen seiner Weisheit zu präsentieren. Er war ein echter *maître à penser* der Manipulation.

»Was hast du gemacht, bevor du für Ilario gearbeitet hast?«, fragte er mich bei unserem ersten Treffen.

»In Diskotheken mit Ecstasy gedealt«, antwortete ich wahrheitsgemäß.

Er schüttelte den Kopf. »Anfänger«, kommentierte er, ohne dass er es böse meinte. »Da verdienst du kaum was und landest mit ziemlicher Sicherheit im Knast.«

Und er begann mir zu erklären, dass der moderne Nahrungsmittelsektor unendlich viele Möglichkeiten bietet, reich zu werden.

»Beim industrialisierten Essen geht es darum, dass frische Lebensmittel, reich an vitalen Nährstoffen wie Vitaminen, Mineralstoffen und Fettsäuren, durch solche mit großen Mengen an hydrierten Fetten, Zucker und Salz ersetzt werden. Und weißt du, warum?«

Ich schüttelte den Kopf. Er fixierte mich, um sicher zu sein, meine volle Aufmerksamkeit zu haben, fuhr dann fort: »Um haufenweise Geld zu scheffeln. Weißt du, wie viel die Großunternehmen jedes Jahr für chemische Zusätze zur Veränderung von Farbe, Konsistenz, Geschmack und Haltbarkeit ihrer Erzeugnisse ausgeben?«

Ich schüttelte wieder den Kopf.

»Über zwanzig Milliarden Dollar. Die Nahrungsmittel sind allgemein minderwertig, sonst verdient man nichts. Wir bringen das niedrigste Qualitätsniveau, nämlich manipulierte Produkte, auf den Markt. Kannst du mir folgen?«

Und wie ich ihm folgen konnte. Das weitverzweigte Netz der Verkaufsstellen garantierte eine unendliche Menge von Kunden; der Trick bestand darin, unter die ebenso unendliche Menge von Produkten die manipulierten zu mischen. Die erste Regel hieß, es mit der Verfälschung nie zu übertreiben, denn es musste vermieden werden, dass die Konsumenten krepierten, nachdem sie einen schönen Teller Spaghetti alle vongole gegessen hatten. Der Methanolwein-Skandal vom März '86 – neunzehn Tote und fünfzehn Menschen, die erblindeten – war eine gründliche Lektion gewesen. Die zweite Regel lautete, dass manipulierte Lebensmittel nur dann schädlich waren, wenn man sie regelmäßig konsumierte. Es ging also darum, das Produkt in kleinen Mengen, aber in der größtmöglichen Anzahl von Geschäften und Supermärkten zu vertreiben. Die dritte Regel war, dass man immer wissen musste, mit welcher Art der Manipulation man es zu tun hatte, denn in dieser Sparte konnte man niemandem trauen. Irgendein Idiot konnte einem eine Partie andrehen, die einem für immer das Geschäft versaute.

Ich hatte ein paar Jahre lang mit diesem Typ zu tun, und wenn ich heute ein erfolgreicher Profi bin, dann verdanke ich das tatsächlich dem, was ich bei ihm gelernt habe. Eines schönen Tages kam er schließlich auf den Gedanken, alles zu verkaufen und sich nach Monte Carlo zurückzuziehen.

»Ich habe beschlossen, in eine andere Sparte zu wechseln, unsere Zukunft liegt bei nutrazeutischen Produkten«, sagte er. Er bemerkte meinen fragenden Blick. »Das sind medizinische Lebensmittel«, erklärte er. »Es ist der Bereich, wo die pharmazeutische Industrie die Nahrungsmittelindustrie trifft. Kurz gesagt: Es wird möglich, Vitamine und Mineralstoffe zu stark bearbeiteten Lebensmitteln hinzuzufügen, sodass sie als gesunde Nahrungsmittel verkauft werden können.«

»Genial«, stellte ich bewundernd fest. »Und gibt es da vielleicht für mich etwas zu tun?«

Er schüttelte den Kopf. »Du bist der zukünftige Schwiegersohn von Sambin«, rief er mir in Erinnerung. »Und außerdem bist du als Letzter dazugekommen, du musst dich erst noch hocharbeiten, bis du irgendwann mal so weit bist.«

Ich bat um Entschuldigung, und bevor er sich von mir verabschiedete, wollte er mir einen letzten Rat geben. »Denk immer daran, dass in unserem Sektor die Händler weniger riskieren als die Hersteller.« Ich brauchte eine

Weile, um die Botschaft zu kapieren, doch zum Schluss stellte sie sich als die nützlichste heraus.

In der Genossenschaft lief alles glatt. Das einzige Problem war Parenti, dem inzwischen klar geworden war, dass ich mich im Hause Sambin eingenistet hatte. Ich war gezwungen, ihn auszuschalten. Sabrina und ihre Mutter halfen mir ganz ahnungslos dabei, als ich eine Intrige einfädelte, die Ilario überzeugte, ihn nach Russland zu schicken, damit er sich dort um einen neuen Bereich der Produktion kümmerte: Welsfilet. Vor ungefähr zwanzig Jahren für die Sportfischerei nach Italien importiert, hatte der Wels, dieser sympathische kleine Fisch, ganze Arten ausgerottet, die seit undenklichen Zeiten in den heimischen Gewässern zu Hause waren, und war eine Plage geworden. Ilario hatte entdeckt, dass Wels in den osteuropäischen Ländern besonders geschätzt wurde, und eine Filiale in einem kleinen Ort am Ufer des Po eröffnet. Der Wels wurde nachts gefischt und in einer Baracke, die keinerlei hygienischen Ansprüchen genügte, filetiert, eingefroren und gelagert. Der größte Teil ging nach Ungarn, doch vor Kurzem hatte sich ein russischer Kunde gemeldet, der sich die gesamte Produktion sichern wollte, und da hatte Ilario die Gelegenheit ergriffen, den lästigen Parenti loszuwerden.

Eines Sonntags beim Essen kündigte Signora Sambin meine Heirat mit Sabrina an. Sie hatte schon an alles gedacht. Sie brauchte eine Stunde, um die Einzelheiten zu beschreiben, und bewies, dass sie sich besondere Mühe gegeben hatte, nur ja keine der Geschmacklosigkeiten auszulassen, die im Venetien der Neureichen eine schlimmere Plage waren als der Wels.

Natürlich zeigte ich mich begeistert. Nicht ganz so begeistert wie Sabrina, die nichts anderes tat, als ununterbrochen spitze Freudenschreie auszustoßen und mit ihren Freundinnen zu simsen.

»Gigi, Schatz, wir nehmen sofort den Tarif *Happy Sposi*: Wir können vierzehntausend MMS mit den Bildern der Hochzeitsreise gratis an vier Teilnehmer schicken, die den gleichen Service aktiviert haben, oder zu einem günstigen Tarif an die anderen mit einem Bonus von zehn Prozent am Montag, Mittwoch …«

Es war die Finanzpolizei, die mich rettete.

Die Blutsauger, wie Ilario sie nannte, hatten bei Ermittlungen gegen den Steuerberater der Genossenschaft eine Reihe von Kontokorrenten entdeckt und waren auf die Betrügereien mit falschen Rechnungen gestoßen. Sie hatten veranlasst, dass die Muscheln untersucht wurden, und der Fund von Escherichia coli, fäkalen Koliformen und bekannten krebserregenden chemischen Substanzen war der letzte Ermittlungsschritt gewesen, nach dem dann die Festnahmen erfolgten.

Gegen sieben Uhr morgens fielen Sabrina und ihre Mutter bei mir ein und berichteten mir, die Finanzpolizei sei mitten in der Nacht mit einem Haftbefehl für Ilario aufgetaucht, der sich zum Glück in der Filiale am Ufer des Po aufhielt, um bei der Verarbeitung des Welsfangs dabei zu sein. Die Polizisten hatten das Haus und den Sitz der Genossenschaft durchsucht und den Steuerberater, die Bankdirektoren, ein paar Veterinäre und andere in die Sache verwickelte Personen festgenommen.

»Haben sie meinen Namen genannt?«, fragte ich besorgt.

Sabrina umarmte mich. »Nein, Schatz, ich habe den Haftbefehl gelesen, und dein Name steht nicht darin. Ich weiß, dass sie alle unsere Nachrichten abgefangen und die Telefonate abgehört haben, aber sonst nichts.« Einen Augenblick lang lächelte ich, als ich an den armen Kerl dachte, der sich den ganzen Wahnsinn, den sie in MMS, SMS und am Video-Handy losließ, hatte reinziehen müssen.

Signora Sambin riss ihre Tochter aus meinen Armen und gab mir einen kleinen Koffer. »Bring den zu Ilario«, befahl sie hysterisch.

Ich öffnete ihn. Er enthielt einen Pass und bündelweise Geldscheine im Wert von einhundert und fünfhundert Euro. Ilario musste ihn für Notfälle vorbereitet haben.

»Machen Sie sich keine Sorgen, Signora.«

»Ich vertraue dir«, flüsterte meine Verlobte gerührt. »Rette meinen Papa.«

»Ich vertraue dir.« Das hat Kate Winslet zu Leonardo DiCaprio auf der Titanic gesagt. Ich trällerte das Lied aus dem Film, *My Heart Will Go On*, vor mich hin, während ich das Dorf hinter mir ließ. Und diese Familie von Verrückten.

Eine Stunde später führte ich von einem öffentlichen Telefon einer Tankstelle an der *Autostrada del sole* aus zwei Telefonate. Streng anonym. Als Erstes rief ich bei der Finanzpolizei an und nannte ihnen den Ort, wo sich Ilario Sambin versteckte. Als Zweites bei den Carabinieri und verriet ihnen, wo Sabrina ungefähr einhunderttausend Ecstasy-Pillen verwahrt hatte. Sie hatte keine Ahnung davon, doch weil Gepi so darauf gedrängt hatte und ich eine angemessene Pacht für die Unterbringung von ihm verlangen konnte, hatte ich akzeptiert, im Garten der Villa der Sambins den Schatz meines ehemaligen Geschäftspartners zu verstecken. Und das stellte sich für mich jetzt als nützlicher heraus, als ich je gedacht hätte.

Nur Parenti kam davon, weil er sich noch in Sankt Petersburg aufhielt, um die Ankunft der tiefgekühlten Welsfilets zu überwachen. Der Hund Giuda wurde von der Finanzpolizei niedergeschossen, als er bei deren Eindringen in Parentis Wohnung versuchte, einem Unteroffizier in die Eier zu beißen. Für mich war der Augenblick gekommen, den Ratschlägen meines Lehrers zu folgen und Händler zu werden. Ich machte eine lange Reise durch Italien, um mir die Lieferungen zu sichern, und nahm dann die Fähre nach Cagliari. Soweit ich wusste, war Sardinien eine Region, wo das Fehlen einer organisierten Konkurrenz einen hervorragenden Umsatz garantierte. Und Gepi hatte mir die richtigen Namen gegeben, um mein kleines Unternehmen auf die Beine zu stellen.

3

Mariuccia Sinis tauchte bald häufig im Restaurant auf, und jedes Mal, wenn unsere Blicke sich trafen, heftete sie ihre grünen Augen fest auf mich, als wollte sie mir etwas sagen, einen Kontakt herstellen. Da Bianca, meine Freundin, in der Nähe war, hütete ich mich natürlich, die Sache zu vertiefen. Doch es war klar, dass noch etwas kommen würde.

Eines Nachts lehnte sie an meinem Cayenne, der wie immer gut sichtbar vor dem *Chez Momò* parkte. Ich fuhr ruckartig herum, um zu sehen, ob jemand in der Tür des Restaurants stand. Hin und wieder rauchte Bianca genau dort eine Zigarette.

»Ich muss mit dir reden«, sagte Mariuccia mit bebender Stimme.

»Und worüber?«, fragte ich und schob sie sanft von meinem Geländewagen weg, weil ich fürchtete, sie könnte Kratzer in dieses Meisterwerk der Technik und des Designs machen.

»Ich habe darüber nachgedacht, was du neulich abends auf dem Fest von Bobo Nobile zu mir gesagt hast. Und ich möchte dich etwas fragen.«

Mein Gesichtszüge entgleisten; bei dem Versuch, meinem Gedächtnis zu helfen, sich an das Thema zu erinnern, hatten sich die Muskeln von selbst zusammengezogen. Die Augen verengten sich kurz zu zwei Schlitzen, wie bei einem Kurzsichtigen, der sich anstrengt, etwas klar zu erkennen. Erst dann erinnerte ich mich. Unglaublich. Diese Irre hatte den ganzen Blödsinn ernst genommen, den ich ihr auf der Terrasse der Villa Nobile erzählt hatte. Ich konnte nicht verhindern, dass auf meinem Gesicht ein mild-seliges Lächeln erschien. »Und was möchtest du mich fragen?«

»Es ist eine delikate Angelegenheit«, erklärte sie ernst. »Ich möchte, dass wir uns an einem verschwiegeneren Ort treffen.«

»Einverstanden. Morgen fahre ich nach Rom, und wenn ich zurück bin, rufe ich dich an.«

»Du fährst nach Rom? Perfekt. Wir können uns dort treffen. In welchem Hotel wohnst du?«

Jetzt erwartete ich sie im Zimmer Nr. 505 in einem Luxushotel nahe der Stazione Termini. Es war eines dieser riesigen Hotels, entworfen von einem gepriesenen und wie ein neuer Messias verehrten Architekten, wo man ein und aus geht, ohne bemerkt zu werden, und nicht nach dem Zimmerschlüssel fragen muss, weil man eine Karte in der Tasche hat, mit der man die Tür öffnen kann. Ich hasse diese verdammten Karten, denn nie lassen sie das Schloss beim ersten Versuch aufspringen. Nie wird das kleine Licht unter der Türklinke beim ersten Mal grün. Diese Karten machen mich wahnsinnig. Besonders wenn man es eilig hat, mit voller Blase ankommt und das Erste, was man in seinem Zimmer aufsuchen möchte, die Toilette ist. Ich hüpfte vor der Tür auf und ab und schaffte es, beim vierten Versuch hineinzukommen. Als ich dann ins Becken zielte, stellte sich die nötige Ruhe ein, um den Rest des Tages anzugehen. Ich zählte sogar, wie viele Sekunden der Strahl anhielt, berechnete schnell die Menge und bewunderte zufrieden die Farbe: ein gesundes und leuchtendes Strohgelb mit perlfarbenen Reflexen. Das war meinem schottischen Wasser zu verdanken.

An das Treffen mit Mariuccia hatte ich kaum noch gedacht, ich musste ein wichtiges Geschäft abschließen, das meine volle Aufmerksamkeit erforderte. Ich war mit einem Typ in Kontakt gekommen, der Geschäfte mit »Naturprodukten« und Gelée royale aus China machte, einem durchfallgelben Mansch voller verbotener und für alte Leute und Kinder schädlicher Antibiotika. Doch niemand kümmerte sich darum, falsche Naturheilmittel liefen in den Supermärkten großartig. Man fühlte sich schon besser, wenn man nur die Verpackungen ansah, die von der alten, weisen Heilkunst des Volkes kündeten.

Inzwischen gab es in jedem Supermarkt eine Ecke aus Kunstbuche mit Schildern, deren Beschriftung wie eingebrannt aussah. Übervolle Regale mit Fläschchen, kleinen Ampullen und Pillen, die angeblich der Kräftigung dienten, gegen Zellulitis wirkten, schlank machten oder das Cholesterin senkten – gut beworbene und hochgradig manipulierte Artikel, die im Übrigen nur halb so viel kosteten wie echte Naturheilmittel. Schon die Namen waren faszinierend und stimmten froh: *Tante Carminettas altes Kräuterlädchen, Opa Salvatores Heilmittel* und ähnlicher Blödsinn.

Der Typ, ein cleverer Piemontese mit einer Vergangenheit als Fernsehverkäufer minderwertiger medizinischer

Geräte, konnte mir eine reiche Auswahl an Artikeln besorgen, auch Qualitätsprodukte, deren Haltbarkeitsdatum abgelaufen war und die man neu verpackt hatte. Ich war mit ihm zum Abendessen in ein Restaurant gegangen, wo er sich vollstopfen konnte. Am Nebentisch saßen zwei Abgeordnete der Opposition, zwei Staatssekretäre, ein paar Fernsehproduzenten und zwei oder drei Gesichter aus Vormittags-Realityshows. Ihr unaufhörliches Geschwätz, das wie dichter Rauch im ganzen Raum lag, machte die Luft so dick, dass man fast nicht atmen konnte, obwohl nirgendwo eine Zigarette brannte und auch nicht brennen durfte. Ich fühlte mich nicht wohl, musste aber so tun, als passte ich perfekt in diese Choreografie. In solchen Momenten kam mir zu Bewusstsein, dass mein natürliches Milieu – von der Universität einmal abgesehen – die Straße war. Und nicht der Salon.

Doch Arbeit ist Arbeit. Nicht immer kann alles angenehm sein, angefangen bei dem Piemontesen. Er und seine unmögliche Krawatte, die sich mit der Farbe seines Anzugs biss. Doch durch meine Bekanntschaft mit der Familie Sambin hatte ich gelernt, Schlimmeres über mich ergehen zu lassen. Und außerdem würde es nicht allzu lange dauern: Zwischen den Gängen, noch vor dem Dessert, würden wir Produkte, Menge und Preise festlegen.

Der Piemontese hatte gleich versucht, mich beim Gelée royale hereinzulegen. »Es wird jetzt nur noch von den Chinesen hergestellt. In Italien gibt es keins mehr, und ich habe die richtigen Kontakte.« Doch ich war hart geblieben und hatte ihn auf meine Art kleingekriegt.

Ich hatte mich über ihn informiert und war darüber im Bilde, dass er seine Lager immer schnell leer bekommen musste. In der Vergangenheit hatte er einige Probleme mit der Finanzpolizei gehabt und musste daher sehr darauf achten, dass man keine Ware bei ihm fand. Der Piemontese hatte sich vollgestopft, Kommentare zur Schönheit irgendwelcher Starlets abgegeben und mit ein paar Bekanntschaften in den Chefetagen der RAI geprahlt. Ich hingegen war beim Essen auf Nummer sicher gegangen und hatte mir die Speisen mit dem geringsten Manipulationsrisiko ausgesucht. Auch wenn das Lokal einen höchst respektablen Ruf hatte und in jedem Restaurantführer erwähnt wurde, nahm mir das nichts von meiner Angst. Und noch nervöser wurde ich, als ich eine Flasche Wasser bestellte. Nicht nur, dass sie meine Lieblingsmarke nicht hatten, es kam auch noch statt einer verschlossenen Flasche eine tropfende Karaffe mit zweifelhaftem Inhalt. Ich goss mir ein Glas ein und roch daran. Kein Anzeichen von Chlor. Doch beim ersten Schluck merkte ich, wie minderwertig und außergewöhnlich schwer das Wasser war. Ich stieß einen leisen Fluch aus. Es schmeckte nach Eisen. Doch das war nicht einmal das Wesentliche.

Das Problem beim Essen war nie eine Frage des Geschmacks, sondern der Grundbestandteile. Ohne die Nase in die Küche zu stecken, wie konnte ich da wissen, welche Art von Öl, Butter, Gewürzen, Wasser sie verwendeten? Der Geschmack sagte inzwischen nicht mehr viel. Geruch und Inhalt sind nicht dasselbe. Das schwöre ich.

Die Franzosen stellten seit einer Weile Zerstäuber von »natürlichen Extrakten« her, die in Restaurants in dem Moment Verwendung fanden, wenn das Essen die Küche verließ. Ein schönes Tablett voller Tagliatelle mit Pilzen niedrigster Qualität wurde mit dem Extrakt von Wildsteinpilzen besprüht, und die Nase des Gastes war mehr als zufrieden. Ich hatte mich auf dem Salon International de l'Alimentation in Paris persönlich davon überzeugt. Das Aroma, das ich am häufigsten an die Chefköche verkaufte, war natürlich das des hochgeschätzten Weißtrüffels, nichts weiter als Kohlenwasserstoff, Bismethylthiomethan, das mit zerlassener Butter vermischt und über die dampfenden Eiernudeln gegeben wurde.

Als der Espresso kam und ich den Namen der Firma auf dem Tässchen las, riet ich dem Piemontesen ab, ihn zu trinken. Es war eine Marke, die ich gut verkaufte, und ich wusste, dass der Kaffee mit für die Entsorgung vorgesehenen Abfällen von Zichorien, Erbsen und geröstetem Weizen gestreckt wurde.

»Wenn Sie auf jede Kleinigkeit achten, ist das doch kein Leben mehr«, hatte mein Gast gesagt.

»Ganz im Gegenteil«, hatte ich erwidert. »So verlängere ich mein Leben.«

Er war anderer Meinung und hatte versucht, mich in eine vage philosophische Diskussion zu verwickeln. In Wirklichkeit wollte er nur in einen Wettstreit mit mir treten, wer von uns beiden besser war, wenn es darum ging, einen Kunden zu überzeugen. Ich tappte nicht in die Falle und ließ ihn denken, dass ich ihm das Wasser nicht reichen könne. Es war besser, es ist immer besser, seinen Konkurrenten glauben zu lassen, er sei im Vorteil. Ich kehrte kurz vor der Verabredung mit Mariuccia ins Hotel zurück.

Jetzt wartete ich darauf, dass es an der Tür klopfte, und versuchte mir vorzustellen, was sie mich wohl fragen wollte. Ich hoffte, sie wollte nicht etwa Kontakt mit meiner Schwester aufnehmen, das wäre kompliziert geworden, da ich ein Einzelkind war. Vielleicht war dieses Treffen mit ihr ein Risiko, und Mariuccia stellte sich als verdammte Nervensäge heraus. Nur dass sie schön war. Schöner als meine Bianca. Und Frauen haben mir immer gefallen.

Als ich die Tür öffnete, fielen mir ihre Kleidung und ihr Make-up ins Auge, und ich nahm einen unwiderstehlichen Duft wahr. Frisch und süß. Mein erster Impuls war, ihr den Hals abzuschlecken, um sie dann zu beißen. Doch ich rührte mich nicht. Der zweite Impuls war, sie mit meinem Röntgenblick abzutasten.

Ein einziger Mangel, ein einziger, und mit der drängenden Lust wäre es bei mir vorbei gewesen. Die Finger fett oder schmierig, ein Fingernagelrand schwarz. Ein kleiner Zeh mit dem Rest eines nicht ganz entfernten Hühnerauges, ein Härchen auf der Wange. Ein gelblicher Zahn. Nichts. Je länger ich sie ansah, desto klarer wurde mir, dass Mariuccia in ihren natürlichen Unvollkommenheiten, die sie einzigartig machten, vollkommen war. Vielleicht war ihre Nase ein ganz klein wenig zu ausgeprägt, die Unterlippe voller als die Oberlippe, vielleicht deutete sich zaghaft ein erstes Fältchen am linken Auge an. Aber alles hatte seine Harmonie. Und das, was nicht perfekt war, war gepflegt. Meine Augen scannten sie wieder und wieder. Ich suchte sogar nach einem kleinen Fehler auf ihrem weißen Kostüm, das ihre Bräune hervorhob. Ein loser Knopf wäre ihre Niederlage gewesen. Nichts. Ich betrachtete ihre Sandalen: Die Füße wie aus Stein gehauen, ein einziges Zeichen der Nachlässigkeit am Absatz hätte ihr Ende bedeutet. Nichts. Sie war ebenso manisch wie ich.

Mariuccia Sinis kam mit einem Hüftschwung ins Zimmer und gab mir Wangenküsschen, die zu nah am Mund waren, um nicht mit einem weiteren unmissverständlichen Signal verwechselt zu werden. Mein Körper zeigte sich bereit, der Aufforderung zu folgen, doch mein Gehirn riet mir, weiter jedes Detail zu checken. Ich war nicht in der Position, mich ohne Fallschirm in Abenteuer zu stürzen, und wollte keinesfalls meine perfekte Welt gefährden. Ich bot ihr ein Fläschchen Cognac aus der Minibar an.

»Du bist heute Abend besonders schön, Mariuccia Sinis.«

Sie tat so, als fiele sie aus allen Wolken. »Ich bin wie immer.«

So, wie sie herausgeputzt war, sollte es jeden Mann umhauen, doch sie war nervös. Und ängstlich. Ein angespanntes Lächeln und ein leichtes Zucken am rechten Auge verrieten sie. Ich ergriff ihre Hand wie ein Gentleman aus anderen Zeiten. »Was ist los?«, fragte ich im Flüsterton.

Die Spannung gewann die Oberhand, und das leichte Make-up zerfloss unter einer Flut von Tränen. Ich ließ sie sich ausweinen, beschränkte mich darauf, ihre Hand zu halten und verstohlene Blicke auf ihren Busen zu werfen, den ihre Jacke zu einem beträchtlichen Teil unbedeckt ließ. Eine winzige Kleinigkeit, die nicht stimmte, hätte ausgereicht, mich aufzuhalten.

»Ich weiß nicht, wie ich es dir sagen soll«, stammelte sie schluchzend.

Ich schwieg weiterhin geduldig. Nach ein paar Minuten beruhigte sie sich, bat um Entschuldigung, nahm ihre Handtasche und ging ins Bad, wie es sich für diese Art von Szene gehörte. Als sie zurückkam, hatte sie ihr Make-up aufgefrischt, doch diesmal war es noch leichter. Ich öffnete zwei weitere Fläschchen und machte uns zwei Gin Tonic. Ruhig, ganz ruhig, damit sich die richtige Gelassenheit einstellte, die ich brauchte, um mit der Situation klarzukommen, in die ich mich allzu leichtfertig gebracht hatte.

»Ich habe beschlossen, dass ich auf jeden Fall ein Kind haben will«, verkündete sie.

»Das ist dein gutes Recht«, antwortete ich in einem überzeugten Ton.

»Von dir.«

Ich verschluckte mich an meinem Gin Tonic. »Von mir?«

»Du bist der Einzige, der mir helfen kann.«

»Ich denke nicht daran«, antwortete ich schroff und verwünschte den Abend, als ich ihr begegnet war und es mich gejuckt hatte, irgendeine Scheiße anzustellen. Zum Teufel mit mir, dachte ich, und zum Teufel mit dem Fest von Bobo Nobile, mit seinem Gangster Tatano Rais, mit seinen Gästen und mit meinem zu hohen Alkoholpegel. Und zur Hölle mit meinem Bedürfnis, mich wie ein Arschloch aufzuführen – und wenn ich schon unbedingt einer Frau auf die Nerven fallen, mich aufspielen und mich danebenbenehmen musste, hätte ich mir ebenso gut eine der beiden Bauchtänzerinnen aussuchen können und nicht bei dieser Irren, die ich jetzt vor mir hatte, den Heiler gebrochener Herzen spielen sollen. Und scheißverdammtnochmal auf mein Gehirn, das mir immer noch Anweisung gab, diese Frau genau auf versteckte

Mängel hin abzusuchen – es war nicht die Hülle, um die ich mich kümmern musste, sondern der Inhalt. Nicht um ihre Kleidung, nicht um ihren Körper ging es, sondern um ihr schlecht funktionierendes und manipuliertes Hirn. Das war das Detail, das nicht stimmte. Ein Kind von mir? Ja, verdammte Kacke noch mal, hatte mir Sabrina Sambin nicht genügt? Jetzt musste ich auch noch mit der Zugabe fertig werden.

Mariuccia packte mich an den Handgelenken. »Hör mir zu, ich bitte dich … du kennst das Problem schon von deiner Schwester. Du bist es gewesen, durch den ich überhaupt auf diese Idee gekommen bin. Ich kann Carlo Alberto nicht verlassen, aber ich will auch nicht darauf verzichten, Mutter zu werden. Hilf mir …«

»Aber wir kennen uns doch kaum«, sagte ich, nur um etwas zu sagen, und versuchte, mich von ihr loszumachen.

»Eben. Niemand wird je etwas vermuten.«

»Und wenn ich auch steril bin?« Es war das Erste, was mir einfiel, während sie mich immer noch festhielt und mir ihre Fingernägel so tief ins Fleisch bohrte, dass ich blaue Flecken bekam.

»Ich kann nicht glauben, dass ich dermaßen viel Pech habe«, stieß sie gereizt hervor.

Eine Irre, ich hatte es mit einer Irren zu tun.

»Du bist schön, Gigi. Das Mädchen wird wunderschön werden.«

»Das Mädchen?«

Sie lächelte strahlend. »Ich wünsche mir ein Mädchen.«

In diesem Moment konnte ich mich endlich aus ihrem

Griff befreien. Ich drehte mich ruckartig um und wandte ihr die Schultern zu, um wieder zu Atem zu kommen, mir die Handgelenke, wo sich ihre Fingernägel eingegraben hatten, zu massieren und meine Gedanken zu ordnen.

Jetzt werfe ich sie mit ein paar Tritten in den Hintern hier raus. Ich habe nichts zu verlieren und nichts zu befürchten, dachte ich schnell. Und auch wenn diese dumme Kuh Bianca etwas erzählt, wird es keine Folgen haben. Ich habe schon schlimmere Situationen durchgestanden. Und dieses Mal, vielleicht zum ersten Mal, bin ich wenigstens sicher, ein gutes Gewissen zu haben. Also, überlegte ich hastig, jetzt drehe ich mich um, packe sie an ihrem langen Hals und werfe sie aus dem Zimmer. Und wenn sie sich wehrt, verpasse ich ihr noch ein paar Ohrfeigen.

Ich war bereit. Entschlossen. Und wütend genug war ich auch. Ich wandte mich um, wollte diese miese kleine Szene beenden.

Mariuccia lag bäuchlings auf dem Bett. Wenn sie einen Schwanz gehabt hätte, hätte sie wie eine Hündin damit gewedelt. Sie hatte nur noch ihre Kostümjacke an, aus der ein Busen hervorlugte. Sonst bedeckte sie nichts mehr.

»Nimm mich von hinten und stoß fest zu, Gigi Vianello.«

Und alle meine Vorsätze gerieten ins Wanken.

Es gelang mir noch, ein paar Sekunden über die Sache nachzudenken. Die Gefahr, dass es herauskäme, war begrenzt, auch sie hatte zu viel zu verlieren.

»Los, Gigi Vianello …«

Mit dem letzten Funken Verstand, doch sehr ernsthaft fragte ich mich, was es bedeuten könnte, wenn eine Frau ein Kind von mir bekäme und ich mich mein ganzes Leben lang überhaupt nicht darum kümmerte.

»Rein gar nichts«, gab ich mir zur Antwort und machte den Gürtel der Hose auf.

Und damit begrub ich alle meine Vorsätze.

Es war eine grandiose Nacht. Schwer zu sagen, ob es Mariuccia gefiel oder ob sie sich nur der Sache wegen so leidenschaftlich gab, doch auf jeden Fall hatte es sich gelohnt. Und da eine Frau selten beim ersten Mal schwanger wird, freute ich mich auf weitere schöne Bettgefechte. Es war Ende September. Mariuccia meldete sich Mitte Oktober. »Es ist die richtige Zeit«, verkündete sie. Im Dezember wurde sie ängstlich, weniger leidenschaftlich und war nur noch an meiner Ejakulation interessiert. Ich musste ein ernstes Wort mit ihr reden. »Behandle mich nicht wie einen Zuchtstier«, sagte ich. »Noch einmal ohne Vorspiel, und du kannst dir das Kind von einem anderen machen lassen.«

Die Drohung tat ihre Wirkung, auch wenn Mariuccia die Gewohnheit annahm, mich mit lauter Stimme, ihre Lippen direkt an meinem Ohr, auf eine Art anzufeuern, als wären wir beim Radrennen.

»Vorwärts, Gigi Vianello...«

»Los, Gigi Vianello ...«

»Mach zu, Gigi Vianello ... Und ab geht's!«

Ich verlor langsam jede Lust. Es hätte nicht mehr viel gefehlt, und ich hätte sie gebeten, zur künstlichen Befruchtung zu gehen. Was sie von Anfang an abgelehnt hatte, als wäre diese Lösung des Teufels. Das hatte ihr der Priester gesagt, den sie inzwischen auf meinen Rat hin aufzusuchen pflegte, um sich auf die Komödie vorzubereiten, die folgen sollte.

»Der Herr gibt, der Herr nimmt. Und die Hand des Menschen darf nicht in die Natur eingreifen …«, hatte der junge Don Efisio Piras von der Kanzel herab gedonnert, um die herum er seine Getreuen am Ende der Woche wie zu einem Rockkonzert versammelte. Dummköpfe aller Art und jeden Alters, doch vor allem junge Leute, die von den künstlichen Paradiesen enttäuscht und auf der Suche nach einem ewigen Paradies waren. Sie hatten Ecstasy und Kokain, zügellosen Sex und uferlosen Konsum satt und eine alte Formel wiederentdeckt: Glaube als beste Droge. Und Don Piras, der seine Predigten mit ein paar Tönen aus dem Saxofon würzte (früher war er ein sauschlechter Jazzmusiker gewesen), versprach ihnen allen Wunder auf Erden und einen Platz in der obersten Suite im Jenseits. Er ließ sie aus voller Kehle singen, er ließ sie tanzen, in die Hände klatschen und sich stundenlang hin und her wiegen. Klar, dass sie hyperventilierten und dann manch einer wie eine faule Birne hinklatschte und im Staub anfing zu beben und zu zucken wie eine Katze, die gerade von einem Auto überrollt worden ist, das ihr die Wirbelsäule gebrochen hat. Und die Choreografie hatte ihren Vorteil: Aus der kollektiven Halluzination bildete sich die Überzeugung heraus, Don Piras habe etwas Magisches und Übernatürliches. Ich habe viele Scharlatane dieser Art in Venetien erlebt. Nur dass sie sich dort reich entlohnen ließen, angefangen beim Eintrittsgeld ins Gebetszelt (normalerweise von einem bankrotten Zirkus günstig erstanden) bis hin zu Amuletten, die man nach Hause nehmen konnte. Don Piras nicht, er wollte keinen Euro. Er arbeitete für den Ruhm. Nicht für seinen, sondern für den des Herrn. Kurz und gut: Er glaubte ernsthaft an seine Sache und war zu jedem kleinen Trick bereit, wenn er nur Leute unter dem Banner der Kirche halten konnte, die sonst bei irgendeiner Sekte gelandet wären. Schade, dass man dies im Palais des Erzbischofs nicht verstanden hatte. Im Gegenteil.

Doch dass der Erzbischof ihm verboten hatte, seine Versammlungen abzuhalten, hatte seinen Ruhm nur gemehrt. Nun war er ein Erlöser mit allem, was dazugehörte: Jung, beinahe schön, ausgemergelt wie ein Christus am Kreuz und vor allem: geächtet.

»Der Herr gibt, der Herr nimmt«, rief er von seiner Kanzel, die er normalerweise am Rand des Strandes von Giorgino aufstellen ließ, nicht weit außerhalb der Stadt, wo es eine kleine Bucht zwischen dem Kanalhafen und einem alten Pumpwerk gab.

»Der Herr gibt, der Herr nimmt.« Und ich gehörte offensichtlich für Mariuccia auf die Liste dessen, was der Allmächtige einer armen Sünderin wie ihr zugestehen konnte.

Gegen Ende Februar wurde sie schwanger. Sie teilte es mir mit, als ich gerade in Modena auf der Suche nach einem neuen Lieferanten für Schinken war.

»Ich werde unser Geheimnis tief in meinem blutenden Herzen bewahren«, sagte sie mit vor Rührung brüchiger Stimme.

»Ich wünsche dir alles Glück der Welt.«

»Gigi …«

»Ja?«

»Danke«, flüsterte sie, bevor sie auflegte.

Wenn dies ein Film gewesen wäre. Wenn dies die Szene eines Films gewesen wäre, hätte jetzt die Filmmusik eingesetzt, um die Bilderfolge abzuschließen. Eine Ballade zum Mitpfeifen. Vielleicht *Walk on the Wild Side* von Lou Reed, der eine gute Phase hatte, als er sich solche Songs von David Bowie produzieren ließ. Aber es war kein Film, und es gab keine Musik.

Ich war zufrieden. Mariuccia würde für immer verschwinden. Ich hatte keine Lust mehr, mit ihr ins Bett zu gehen, sie sprach nur davon, schwanger zu werden, und stellte sich als langweilig heraus.

Ich legte die Sache sofort zu den Akten. Das Problem mit dem Schinken war sehr viel ernster. Und dringend. Mein gewohnter Lieferant war wegen einer üblen Geschichte, bei der es um Erpressung und sogar Mord ging, festgenommen worden, und ich saß ohne Ware da. Der Handel mit rohem Schinken, versehen mit dem Gütezeichen kontrollierter Herkunft, gehörte zu den einträglichsten Geschäften. Der Trick bestand darin, Schinken niedrigster Qualität aus dem Osten einzuführen oder sich mit Abfall aus Italien zu versorgen, Stempel oder Kennzeichnung zu entfernen und die Ware mit dem Herkunftszeichen von Parma oder anderen zertifizierten Regionen zu versehen. Für meine Leute war es ein Leichtes, diese Schinken unterzubringen. Unsere Kunden legten sie zwischen die anderen, offiziell gekauften, auf die Theke und boten sie zum Marktpreis an.

»Wieso fällt den Leuten denn der Qualitätsunterschied nicht auf?«, hatten mich Sorrentino und Floris zu Beginn unserer Zusammenarbeit einmal gefragt.

»Ganz einfach«, hatte ich geantwortet, zufrieden darüber, auch einmal mit meinem Wissen angeben zu können. »Heutzutage hat sich der Geschmack der Leute verändert, weil sich eine Ernährung auf niedrigem Niveau durchgesetzt hat. Wer gutes und gesundes Essen will, muss nicht nur Geld ausgeben, sondern auch erst einmal lernen, was Qualität ist. Deshalb haben diese Organisationen, die sich um Önogastronomie kümmern, immer mehr Zulauf. Aber wir müssen uns keine Sorgen machen: Das sind alles Leute mit Geld. Unsere Kunden haben nur das Problem, sich den Bauch mit möglichst viel Essbarem zu füllen. Sie beklagen sich höchstens einmal, dass der Schinken zu salzig ist.«

Sie hatten mich bewundernd angesehen. Ein Profi in unserer Branche durfte sich nicht darauf beschränken, sich um Waren und Kunden zu kümmern, er musste auch theoretisch etwas draufhaben. Eben deshalb war ich der Chef.

Das System heißt: Nahrungskette. Großer Fisch frisst kleinen Fisch. Und wenn du nicht gefressen werden willst, machst du den Pilotfisch. Wie Floris und Sorrentino.

Ich war in Geberlaune und setzte die Lektion fort. »Wisst ihr, was das Massensymptom ist, das beweist, dass die Leute sich inzwischen von minderwertigem Zeug ernähren?«

Sie schüttelten mit Entschiedenheit den Kopf.

»Ihr schlechter Atem.«

»Ihr schlechter Atem?«, wiederholte Floris verblüfft.

»Genau, der schlechte, schwere, übel riechende Atem«, erklärte ich geduldig. »Ist euch noch nicht aufgefallen, dass alle ständig Bonbons und Kaugummis kauen, streng zuckerfrei, eigens dafür gemacht, schlechten Atem zu beseitigen? Das ist ein Geschäft, in dem Dutzende Millionen Dollar verdient werden. Es gibt keine Handtasche und kein Jackett, wo sich nicht ein Päckchen Pfefferminzbonbons oder Lakritze findet, alles in fortschrittlichen Laboratorien entwickelt und natürlich alles chemisches Zeug.«

Sorrentino ließ es sein, auf dem Kaugummi herumzukauen, das er von Beginn unserer Unterhaltung an im Mund hatte. Floris und ich brachen in Gelächter aus, und Peppino klopfte ihm freundschaftlich auf den Rücken.

Am selben Tag traf ich zwei Vertreter von Genossenschaften, die offiziell Schinken für große Firmen verarbeiteten. Die Belegschaften bestanden fast immer aus Arbeitern aus Nicht-EU-Ländern, die ein Tempo vorlegten, bei dem die Italiener nicht mehr mitkamen. Zum Schluss einigte ich mich mit dem, der mir den niedrigsten Preis gemacht hatte. Er importierte Schinken aus Rumänien, der mit gefälschten Zertifikaten versehen war. Es gab keinen Grund, sich Sorgen zu machen, hatte der Typ mehrmals betont: Durch das Salzen würden Keime und Bakterien abgetötet. Das stimmte nicht, aber rohen Schinken kauft man in Mengen von hundert Gramm, und zum Schluss isst man zwei oder drei Scheiben. Vielleicht mit einem guten Büffelmozzarella. Ich bezog ihn aus der Gegend von Caserta. Der Erzeuger meines Vertrauens, der auch Züchter war, setzte ein Spezialmedikament aus Korea auf der Basis von Somatropin ein, um eine Steigerung der Milchproduktion zu erreichen. In Italien war die Nutzung verboten, weil die Substanz in dem Verdacht stand, das Wachstum von Krebszellen zu beschleunigen. Aber ich hatte keine weiteren Erklärungen von Signor Esposito verlangt: Von ihm war bekannt, dass er Beziehungen zur Camorra hatte, und ich wollte ihn nicht mit solchem Blödsinn belästigen.

Während ich meinen Schinken und meinen Mozzarella auf dem Markt unterbrachte, machte die Nachricht, dass Mariuccia in süßer Erwartung sei, die Runde in der Stadt. Bianca erzählte es mir eines Abends beim Essen. Sie hatten eine gemeinsame Freundin, eine temperamentvolle Frau, die für Frauenzeitschriften aus Sardinien berichtete. Doch da sie viel freie Zeit und, außer im Sommer, wenn sie an die Costa Smeralda geschickt wurde, um von dort den üblichen Schwachsinn zu melden, ziemlich wenig zu schreiben hatte, konnte sie stundenlang in den beliebtesten Cafés hocken, Gerüchte aufschnappen und sie weiterverbreiten. Es war März, und Rita Quattrini mit ihren kleinen, grauen Augen, die immer nach unten blickten, hatte den Zeitungen wenig, ihren Zuhörern bei den verschiedenen Aperitifs vor dem Abendessen jedoch viel mitzuteilen. Die Neuigkeit beeindruckte das weibliche Publikum, während das männliche gleichgültig blieb. Die Männer wussten, dass die Frau von Carlo Alberto Pedevillas nie zu haben gewesen war. Mochte sie auch faszinierend sein, so lohnte es sich doch nicht, auch nur daran zu denken. Es wäre eine sichere Niederlage gewesen. Die Neuigkeit war also keine Neuigkeit: Sie war vorher nicht erreichbar, und jetzt noch weniger, schwanger und mit einem ausgeprägten Hang zu einem einzigen Mann und einem einzigen Gott. Denn auch ihre Teilnahme an den Versammlungen von Don Piras war Rita Quattrini, der Schaltstelle für städtischen Klatsch und Tratsch, nicht entgangen.

»Zum Schluss kommt noch raus, dass sie es mit dem Heiligen Geist getrieben hat«, sagte sie an der Theke meines Restaurants *Chez Momò* und schob sich geschickt ein Steinpilzpastetchen in den Mund.

»Sei nicht blasphemisch«, flüsterte ich ihr zu und sah mich um.

Die Journalistin gönnte sich eine Pause, gerade einmal ein Schlückchen Champagner, fuhr dann fort und tat so, als hätte sie meinen Verweis nicht gehört.

»Die arme Kleine, sie hat es einfach nicht geschafft, schwanger zu werden, und sie hat alles probiert, aber zum Schluss hat allein der Glaube ihr Problem gelöst. Sie hat sich irgendeiner Gruppe von Gläubigen angeschlossen, und durch Gebete ist ihr Wunsch, Mutter zu werden, erfüllt worden. Ich sage, sie hat sich nur endlich entspannt, der Stress war weg, und jetzt kommt das Kind.«

»Ein Wunder«, kommentierte ich zerstreut und gab ein laues Interesse vor.

Bianca fegte mit einer Hand durch die Luft. »Eine Art ... Wunder. Sie wird sich an den heiligen Lucifer gewandt haben, der ihr ein bisschen geholfen hat. Vielleicht hat er sie von einer schlimmen Krankheit geheilt.«

»Den heiligen Lucifer?«, fragte ich, halb bestürzt, halb amüsiert. »Seit wann ist ein Teufel denn heilig?«

»Man merkt, dass du aus Venetien kommst, du Dummkopf«, sagte Rita und machte einen schmalen Mund, ohne dass es ihr gelungen wäre, das Stückchen Petersilie zu verbergen, das zwischen Schneidezahn und Eckzahn hängen geblieben war. »Lucifer war ein Bischof von Cagliari, der im 4. Jahrhundert nach Christus lebte. Er wurde vom Papst an den Hof von Kaiser Konstantius II. gesandt, der die Lehre des Arius angenommen hatte. Seine Mission war, ihn zum katholischen Glauben zurückzuführen. Doch er kam vollkommen zerstört zurück. Er wurde ins Exil geschickt und erst rehabilitiert, nachdem der nächste Kaiser den Thron bestiegen hatte. Als Bischof scheint er sehr streng und hart mit seinen Kollegen umgegangen zu sein, die ohne viele Skrupel den Arianismus angenommen hatten, nur um dem Kaiser zu gefallen.«

Ich starrte sie mit offenem Mund an. Ich dachte, sie verstände nur etwas von Wasserballett und nächtlichen Open-air-Modenschauen.

»Wo Lucifer, der Bischof und spätere Heilige, begraben ist, weiß man nicht mit letzter Sicherheit, auch wenn man 1600 meinte, sein Grab gefunden zu haben, und zwar in der ersten unterirdischen Kirche, auf die man stieß, als man bei der Basilika San Saturnino, wenige Meter von deinem schönen Restaurant hier entfernt, Ausgrabungen zur Suche nach den heiligen Märtyrern von Cagliari durchführte. Und frag mich nicht, wieso ich all diese Dinge weiß, denn bevor ich das Pech hatte, als Korrespondentin für Modezeitungen zu enden, dachte ich mit meinem Examen in Klassischer Philologie an eine andere Karriere, mein lieber Gigi Vianello mit den blau-grünen Augen.«

Und sie sah mich herausfordernd an, vielleicht um mich daran zu erinnern, wie oft ich ihrem Blick ausgewichen war. Wie oft ich sie von oben herab behandelt hatte. Doch sie war Bianca zu nah, als dass ich auch nur ein

Spiel mit Blicken riskiert hätte. Sie war nie auf meiner Liste gewesen, nicht einmal als Reserve.

Bianca merkte nichts oder wollte nichts merken. Sie war mit ihren Gedanken woanders und kam auf das Hauptthema zurück. »Wer weiß, ob ich auch Probleme habe, Kinder zu bekommen«, fragte sie sich. »Vielleicht sollte ich mich untersuchen lassen.«

»Genau. Ist schon eine Weile her, dass du beim Frauenarzt warst«, beeilte ich mich zu sagen, um nicht ganz desinteressiert an dem Thema zu erscheinen. In Wirklichkeit gab ich sehr auf Bianca acht. Sie nahm die Pille und konnte immer auf die Idee kommen, sie mal zu vergessen. Ein Kind mit ihr wäre für meine Zukunftspläne eine Katastrophe gewesen.

»Ich müsste mich auch mal untersuchen lassen«, sagte Rita Quattrini.

»Hat bei dir auch die biologische Uhr zu ticken angefangen?« Bianca wurde ganz aufmerksam, ich schaltete ab. Sie reden immer den gleichen Schwachsinn, dachte ich. Das mit der biologischen Uhr hatte ich schon hundertmal gehört.

»Nein, nein, ich bitte dich«, beeilte sich die Journalistin zu antworten. »Mir ist nur seit ein paar Tagen so komisch übel, ich fühle mich matt, habe Kopfschmerzen, und außerdem … Entschuldigung, wenn ich das so sage, muss ich dauernd zur Toilette. Grässlich.«

»Vergiftung …«, meinte ich.

»Nein, nein, ein Freund von mir hat mir erzählt, dass sein Arzt ihm gesagt hat, die halbe Stadt hat das Gleiche. Es scheint ein Virus zu sein. Das ist dieses Jahr die Grippe …«

Ich wollte ihr nicht widersprechen. Ich versuchte nicht einmal, etwas zu erwidern. Sie hatte deutliche Symptome einer Lebensmittelvergiftung, und dass die halbe Stadt davon betroffen war, zeigte einmal mehr, dass der Mist daran schuld war, den alle seit allzu langer Zeit in sich hineinstopften.

»Mag sein. Aber gibt acht, was du isst«, hätte ich ihr sagen können, doch ich machte den Mund nicht auf.

Einen Monat später schlug mir Peppino Floris eine vielversprechende Investition vor. Ein Bauunternehmer, der kurz vor dem Bankrott stand, schloss gerade den Bau eines Wohnhauses in einer expandierenden Region vor den Toren Cagliaris ab. Ich kaufte alle acht Apartments und rechnete damit, sie bis zum Ende des Jahres wieder zu veräußern. In der Stadt waren die Preise in ungeahnte Höhen geklettert, und junge Paare konnten sich nie und nimmer eine Dreizimmerwohnung im Zentrum leisten. Sie hätten Kredite aufnehmen müssen, die – vielleicht – von ihren Urenkeln getilgt worden wären, oder auf einen Hauptgewinn im Lotto hoffen. Die Wohnungen in den kleinen Orten im Hinterland waren für sie das maßgeschneiderte Angebot. Teuer waren sie auch, doch verglichen damit, wie unmöglich es in der Stadt war, ließen sie das Unternehmen, eine Familie zu gründen, wenigstens machbar erscheinen. Da fiel es nicht so sehr ins Gewicht, dass die Wände aus Seidenpapier waren und man das Rauschen der Wasserspülung im vierten Stock noch unten im Erdgeschoss so kristallklar hören konnte, als käme es aus der Toilette nebenan.

Ich lud Peppino ein, im *Chez Momò* zu feiern, und schob

ihm, kaum dass er Platz genommen hatte, unter dem Tisch den Umschlag mit seinem Anteil zu. Gaetano Sorrentino stieß ebenfalls zu uns. Die beiden waren elegant wie immer. Perfekt in ihrem Erscheinungsbild als erfahrene und rührige Geschäftsleute. Der Frühling stand vor der Tür, und die Hitze wurde langsam schon drückend, wie immer in diesem Teil der Insel, der einen Lufthauch von Afrika entfernt liegt und dem Afrika die Winde herüberschickt, die Wolken mit warmem Regen und Wüstensand bringen.

»Deine Freundin hat mich nicht einmal gegrüßt«, beklagte sich Peppino und machte hektische Bewegungen mit seinem linken Arm, um seine Uhr, die ihm über die Handfläche gerutscht war, zurück aufs Handgelenk zu schieben. Sein bekannter nervöser Tick. Peppino war übertrieben auf Etikette bedacht, doch diesmal beklagte er sich nicht grundlos.

Bianca hatte schlechte Laune. Wir hatten uns gerade in der Küche vor den Köchen gestritten. Bei meiner üblichen Inspektion war mir aufgefallen, dass sie beim kaltgepressten Olivenöl die Marke gewechselt hatte, und ich hatte sie schroff zurechtgewiesen.

»Was erlaubst du dir, mir vor den Angestellten eine Szene zu machen?«, hatte sie geknurrt, bevor sie aus dem Restaurant ging, um eine Zigarette zu rauchen.

Ich war ihr nachgegangen. »Du hast recht. Ich bitte dich um Entschuldigung«, hatte ich in einem ruhigeren Ton gesagt. »Aber du kannst nicht ohne meine Einwilligung den Lieferanten wechseln.«

Sie hatte die Kippe auf den Boden geworfen und mit dem Absatz ausgedrückt. »Die Lieferanten sind meine Sache. Ich habe ein anderes Öl genommen, weil das alte zu teuer ist. Das braucht man nicht zum Braten und Schmoren, nur zum Anmachen von Salaten.«

»Morgen will ich in der Küche wieder das alte Öl sehen«, ordnete ich an.

Sie hatte mich wütend angestarrt. »Am liebsten würde ich dich jetzt zum Teufel jagen, aber ich kann das Restaurant nicht noch einmal verlieren.«

Ich antwortete nicht, um die Situation nicht noch schlimmer zu machen. Ich musste in der Beziehung zu Bianca aufmerksamer sein. Auch ich konnte es mir nicht erlauben, sie zu verlieren. Und wenn sie wütend war, hielt das eine ganze Weile an. Mich erwarteten schwierige Tage.

Der Streit hatte die Feier verdorben. Nicht einmal der Champagner zu zweihundert Euro die Flasche konnte mich wieder aufheitern. Mein Handy klingelte. »Unbekannter Teilnehmer«, las ich auf dem Display.

»Hallo?«

»Wer ist da?«, fragte eine Männerstimme in einem barschen Ton.

»Und wer ist da?«, antwortete ich genervt.

»Verdammt, wer ist das, Gigi?«, fragte Peppino beunruhigt.

»Du heißt also Gigi«, sagte der Mann. »Gigi und weiter?«

Ich war das Spielchen leid und legte auf. »Ein Idiot, der sich einen Scherz erlaubt hat«, erklärte ich meinen Geschäftspartnern.

Dass es kein Scherz war, erfuhr ich am späten Nachmittag. Mariuccia hatte sich wieder gemeldet und wollte mich dringend treffen. Die Schwangerschaft war noch nicht zu sehen, doch die Anspannung stand ihr deutlich ins Gesicht geschrieben, und ihre grünen Augen waren vom Weinen gerötet und geschwollen. Wie viel diese arme Frau doch heulte.

»Carlo Alberto glaubt die Geschichte von der göttlichen Hilfe nicht«, brach es beinahe hysterisch aus ihr heraus. »Er sagt, der Spezialist hat ausgeschlossen, dass er der Vater sein kann. Er sagt, dass er mich gleich nach der Geburt mit einem DNA-Test festnagelt, und hört nicht auf, mich mit der immer gleichen Frage zu quälen. Er will wissen, von wem ich schwanger bin. Er hat meine Sachen durchwühlt, hat mir das Mobiltelefon aus der Hand gerissen und sich alle Nummern kopiert. Er benimmt sich wie ein Wahnsinniger.«

»War meine Nummer denn im Verzeichnis?«

Sie schüttelte den Kopf. »Nein, aber er kann sie in der Anrufliste gefunden haben.«

»Ich hatte dich doch gebeten, jede Spur zu beseitigen«, knurrte ich. »Dein Verlobter hat mich heute angerufen, er wollte meinen Namen wissen, du blöde Schlampe.«

Mariuccia schlug die Hände vor dem Gesicht zusammen. »Mein Gott, was habe ich getan! Carlo wird mich aus dem Haus werfen, und dann stehe ich mit dem Kind allein da. Und diese Stadt wird mich wie eine Hure behandeln. Mein Gott, warum habe ich bloß auf dich gehört, du hast mich ins Unglück gestürzt. Vielleicht vergibt Carlo Alberto mir, wenn ich alles gestehe. Ich komme aus einer armen Familie und kann nichts, ich will nicht als Putzfrau enden. Wenn ich in der Gosse lande, musst du die Verantwortung übernehmen, du bist der Vater …

dann musst du das Kind anerkennen und dich um mich kümmern, Bianca verlassen und mich heiraten ... Aber was sage ich denn, ich will nicht mit dir zusammensein, ich will Carlo ...«

»Lass es abtreiben, du blöde Kuh. Siehst du nicht, dass das die einzig vernünftige Lösung ist?«, schrie ich, um dieses beschissene Gerede zu unterbrechen.

Sie versuchte mich zu schlagen, doch ich hielt sie rechtzeitig an den Handgelenken fest. »Ich werde mein Kind nicht töten, hast du verstanden? Jesus würde mir niemals vergeben! Nie! Nie!« Sie brach in heftiges Weinen aus. Wir befanden uns auf einem verlassenen Strandparkplatz an der Straße nach Villasimius; an einem anderen, belebten Ort wären wir nicht unbemerkt geblieben.

Ich drückte ihr ein Taschentuch in die Hand. Wir saßen ganz schön in der Scheiße, und ich musste schnell eine Lösung finden. Zunächst einmal musste Mariuccia beruhigt werden. Sie war wie eine Treibmine, die jederzeit hochgehen und alles, was ich mir mühsam aufgebaut hatte, zerstören konnte. Ich nahm ihre Hand. »Entschuldige, ich habe etwas Furchtbares gesagt, das ich nicht wirklich gemeint habe«, log ich. »Du wirst sehen, dass wir eine Lösung finden, aber du musst es schaffen, dich zu beherrschen. Du musst bis zur Geburt durchhalten, dann, wenn das Kind erst einmal da ist, wird Carlo Alberto aufhören, sich Fragen zu stellen, und davon überzeugt sein, dass er der Vater ist. Auch er muss die Situation erst akzeptieren. Keiner steht gern als Betrogener da.«

»Du kennst ihn nicht«, schrie Mariuccia. »Carlo Alberto ist zu allem fähig, und jetzt kann ihn nichts und niemand mehr aufhalten.«

Ich nahm ihren Kopf in die Hände und zwang sie, mir in die Augen zu sehen. »Du hast keine andere Wahl«, raunte ich ihr mit fester Stimme zu. »Du musst Zeit gewinnen, sonst jagt dich dein Carlo mit ein paar Tritten in den Hintern davon, und du stehst allein da. Denn eine Sache muss dir klar sein: Ich habe nicht die geringste Absicht, mich in die Geschichte verwickeln zu lassen. Und das hier ist das letzte Mal, dass ich etwas davon hören will.«

Ich stieg in mein Auto und fuhr mit der Gewissheit davon, dass meine Worte nicht genügen würden, Mariuccia aus meinem Leben zu vertreiben. Nach ein paar Kilometern rief ich Sorrentino an.

»Gaetano, du musst mir einen Gefallen tun. Ich brauche Informationen über einen gewissen Carlo Alberto Pedevillas, einen Juwelier.«

»Was für eine Art von Informationen?«

»Alles, was du erfahren kannst. Nutz auch deine Kontakte zur Finanzpolizei.«

»Hat das Ganze etwas mit unseren Aktivitäten zu tun?«

»Nein. Es ist eine persönliche Angelegenheit.«

»Dann bittest du mich also wirklich um einen Gefallen?«

»Hast du irgendein Problem damit?«, fragte ich barsch.

»Nein, aber ich wollte, dass es klar ist.«

»Du hast dafür etwas gut, Gaetano«, sagte ich und betonte jedes einzelne Wort, damit die Botschaft klar und deutlich ankam.

Sorrentino ließ es ruhig angehen. Was er über Mariuccias Mann erfahren hatte, berichtete er mir nach Abschluss eines Treffens, zu dem ich meine Partner gebeten hatte, um ein neues Geschäft mit ihnen zu besprechen. Bis dahin hatten wir nur Lebensmittel unter die Leute gebracht, doch einer meiner französischen Kontaktmänner hatte mir etwas Neues angeboten: einen Allzweckreiniger mit einer Formaldehydkonzentration, die beträchtlich über den von der Weltgesundheitsorganisation festgelegten Grenzwerten lag, weshalb der Artikel in Frankreich, Belgien und Holland vom Markt genommen worden war. Und zwei Raumsprays, die neben Formaldehyd auch noch Benzol enthielten.

Peppino zuckte mit den Schultern. »Für mich ist das okay. Meine Kunden nehmen davon zweihundert Stück, hängen ein schönes Schild mit der Aufschrift ›Angebot der Woche‹ drüber, und nach ein paar Tagen ist die Ware weg.«

Ich sah Gaetano an. »Ja, für mich ist das auch kein Problem. Das Zeug werde ich ohne Schwierigkeiten los.«

»Was anderes ...«, warf Peppino ein, »wann kommen denn die Paprika- und Pistazienlieferungen? Meine Kunden beklagen sich, dass wir sie warten lassen.«

»Bei den Pistazien gibt es kein Problem«, erklärte ich. »In wenigen Tagen kommt eine Partie iranischer Pistazien, die ich in Portugal aufgetrieben habe, wo sie wegen Insektiziden vom Markt genommen worden sind. Ich musste sie neu verpacken lassen.«

»Diese blöden Iraner übertreiben immer. Die werden es nie lernen«, kommentierte Peppino.

»Was die Paprika angeht, gibt es ein paar Schwierigkeiten«, fuhr ich fort. »Der normale Lieferant kann nicht liefern. Sie haben festgestellt, dass seine Ware stark mit einem krebserregenden Farbstoff belastet ist, Sudanrot I. Und weil die Geschichte in den Zeitungen gelandet ist, lässt sich da im Moment nichts machen.«

»Also?«, drängte Peppino.

»Also suche ich einen anderen«, antwortete ich genervt. »Die Ware, die man mir bisher angeboten hat, war zu teuer.«

Peppino Floris jammerte ein paar Minuten lang, drehte dabei das wie üblich für sein schmales Handgelenk zu weite Armband seiner Uhr herum, sagte schließlich: »Ich muss bei ein paar Kunden kassieren«, und ging.

»Also, was hast du über diesen Pedevillas herausgefunden?«, fragte ich Gaetano.

Sorrentino kräuselte die Lippen, die Iris seiner Augen wurde noch dunkler und größer. »Das ist ein taffer Typ, nach dem zu urteilen, was mir meine Freunde von der Finanzpolizei gesagt haben«, begann er seinen Bericht. »Er hat ein Juweliergeschäft, mit dem er haufenweise Geld scheffelt, doch meine Kontaktleute sind davon überzeugt, dass er ein Wucherer ist. Sieht so aus, als hätte er zwei Schlägertypen aus Sant'Elia, die für ihn die Raten bei säumigen Schuldnern eintreiben.«

»Ein Krimineller«, kommentierte ich.

»Nein. Er ist bekannt und respektiert. Verkehrt in den besten Kreisen, kennt eine Menge Leute. Auch in der Politik. Er gehört meiner Partei an. Und er will bei den nächsten Kommunalwahlen kandidieren und Wirtschaftsreferent werden.«

Gaetano bemerkte meinen besorgten Gesichtsausdruck. »Gigi, ich frage dich ganz offen: Bist du sicher, dass unsere Arbeit nichts mit den Problemen zu tun hat, die du mit Pedevillas hast?«

»Wie oft muss ich dir das denn sagen?«, platzte ich heraus. »Und die Probleme habe nicht ich, sondern ein Freund von mir.«

Auf Gaetanos Gesicht erschien ein Lächeln. »Gut, er ist einer von uns, und ich möchte nicht in peinliche Situationen geraten.«

»Gaetano, ich stimme auch für deine Partei, das weißt du.«

»Macht es dir was aus, wenn ich dich bitte, mir den Gefallen gleich zu vergelten?«

»Natürlich nicht. Was kann ich für dich tun?«

»Es geht um den Koch aus deinem Restaurant«, sagte er. »Natürlich am Ruhetag. Meine Schwiegereltern feiern Silberhochzeit, und ich möchte ein Fest zu ihren Ehren geben. Und du weißt ja, wie schlecht meine Frau kocht.«

Ich rechnete das Ganze kurz durch. Es würde mich sechshundert Euro kosten. Alles in allem war das ein Geschäft. »In Ordnung, ich rede nachher mit ihm.«

Nachdem ich mich von meinem Geschäftspartner verabschiedet hatte, beschloss ich, einen Spaziergang zu machen, und ging in Richtung des Juweliergeschäfts von Carlo Alberto Pedevillas. Ich wollte ihm ins Gesicht sehen, um einen Eindruck von ihm zu bekommen. Die Informationen, die Gaetano mir gegeben hatte, waren alles andere als beruhigend. Ein Wucherer, in dessen Diensten zwei üble Typen aus einem der schlimmsten Viertel der Stadt standen, war gefährlich. So einer konnte einem ernsthafte Schwierigkeiten machen, und ich hatte vor einer Weile aufgehört, bestimmte Probleme auf die brutale Art zu lösen. Man muss aber auch sagen, dass einem, der etwas Illegales tut, nicht unbedingt daran liegt, in irgendeinen Schlamassel verwickelt zu werden. Das hing ganz vom Charakter ab. Und genau deshalb wollte ich ihn sehen. Es war eine meiner Stärken, zu erkennen, was mit Leuten los war, das hatte ich in meiner Zeit als Dealer gelernt. Ich kam gegenüber vom Juwelierladen an. Nicht schlecht, drei Schaufenster, vollgepackt mit teurem Zeug. Ich überquerte die Straße und tat so, als interessierte ich mich für einige Uhren, von denen keine unter zweitausend Euro kostete. Pedevillas sprach mit ein paar Kunden. Er war groß, schlank, mit einem gebräunten Gesicht, in dem eine beachtliche, doch nicht hässliche Nase und ein großer, voller Mund auffielen. Er trug ein blaues Jackett mit dem Anstecker von Gaetanos Partei am Revers, ein Hemd mit rosa Streifen und rote Markenjeans. An den Füßen englische Schuhe. Kleidung für tausend Euro und eine Rolex für fünftausend. Ich beobachtete ihn aufmerksam und verstand, dass Gaetano recht hatte. Er war ein Typ, den man nicht unterschätzen durfte. Auf seinem Gesicht lag ein arroganter Ausdruck, doch man sah, dass er nicht dumm war. Als junger Mann muss er ein mittelmäßiger Student gewesen sein, doch er hat sich sicher einen Spaß daraus gemacht, dem Rest der Welt auf die Eier zu gehen. Ein klassischer Schönling, Mofa, Motorrad, großes Auto, Designerklamotten und haufenweise Mädchen. Er hatte Mariuccia genommen, weil sie eine schöne Frau war, die man vorzeigen konnte und die er regelmäßig betrog; und so schlimm fand er es dann wohl auch nicht, keine Kinder haben zu können. Carlo Alberto Pedevillas hätte mir in den alten Zeiten kein bisschen Angst gemacht, doch jetzt hatte ich nur zu verlieren. Diese Geschichte musste mit ein wenig Klasse und Verstand beendet werden. Nur dass mir rein gar nichts einfiel.

Ich kehrte zum Restaurant zurück und versuchte mir vorzustellen, was ich tun könnte und wie er reagieren würde. Zum ersten Mal litt ich unter Ideenmangel. Ich dachte immer nur, dass ich jetzt still und glücklich in meiner perfekten Welt sein könnte, hätte ich an jenem Abend nicht Mariuccia auf der Terrasse der Villa Nobile bemerkt und Lust bekommen, mich ihr gegenüber aufzuspielen.

An diesem Abend stand das *Chez Momò* einem Gourmetclub für das wöchentliche Treffen zur Verfügung. Die Mitglieder versammelten sich in einem der Räume und taten so, als wären sie die Retter des guten Geschmacks. Es waren in der Mehrzahl Lehrer und Berufstätige, einige kamen wirklich wegen der Sache, andere, weil es schick war, wieder andere, weil sie Gesellschaft suchten. Letztere erkannte man sofort: getrennt Lebende, Singles oder gleichgültige Paare, die sich auseinandergelebt hatten. Sie waren langweilig, aber nützlich. Und sie zahlten gut. Nachdem ich das Restaurant betreten hatte, schob ich meine Sorgen beiseite, lächelte in alle Richtungen und schüttelte Hände. Kurz darauf begann ein Weinerzeuger, begleitet von einem Önologen, einen neuen Weißwein vom Fass zu präsentieren. Sie sprachen ungefähr zwanzig Minuten, und wie üblich langweilte ich mich. Um die Qualität eines Weins zu beschreiben, genügten fünf

Minuten. Der Rest war nur Geschwätz, aber wie immer lauschten die Anwesenden begeistert und steckten ihre Nasen auf der Suche nach dem Duft von Paprika oder irgendeiner Feldblume ins Glas.

Doch auf meinem Gesicht lag der gleiche interessierte Ausdruck, Wein war ein wichtiges Geschäft für das *Chez Momò*. Wir hatten ausschließlich Qualitätswein, und ich verkaufte ihn teuer. Manchmal sehr teuer. Aber mit dem Wein, den ich hektoliterweise über mein Verteilernetz unterbrachte, verdiente ich viel mehr. Vom Chianti DOCG hatte ich mir ein Haus gekauft. Laut Etikett sollte er aus Weinbergen in der Nähe von Siena stammen, die es in Wirklichkeit nur auf der Karte gab. Der Wein kam aus Apulien, aus den Abruzzen, aus den Marken und von Sizilien – wurde allerdings von bekannten Betrieben in der Toskana abgefüllt. Dann waren eine Sondereinheit der Carabinieri zur Bekämpfung der Lebensmittelverfälschung und die Finanzpolizei angerückt und hatten vierzehn Leute in Handschellen abgeführt. Nach einem Monat, in dem nichts lief, war ich mit Betrieben in Venetien und im Friaul ins Geschäft zurückgekehrt. Sie hatten niemals eine einzige Traube gepresst, doch die Garantie auf dem Etikett des Weins las sich wie ein Schatzbrief. Danach hatte ich mich mit einem Typ aus Salento zusammengetan, der ein Erzeugnis in einer Glasflasche mit einem echten Korken, das trotzdem ungemein preisgünstig war, anbieten konnte. Es bestand allerdings nur zu zehn Prozent aus Wein, während der Rest Wasser, Zucker und Dünger waren. Die Leute verstanden wenig von Wein, doch sie kauften ihn trotzdem, weil ein Tisch ohne eine schöne Flasche traurig aussieht. Im Supermarkt achteten sie auf den Preis und ob das Etikett hübsch war. Das Geschäft brachte immer mehr ein, und auf die eine oder andere Art füllte ich mir die Taschen mit Geld.

Schließlich verließen die Gourmets, zufrieden, eine weitere wichtige Schlacht zur Rettung des Qualitätsweins geschlagen zu haben, einer nach dem anderen das Restaurant. Bianca und ich standen an der Tür, um sie zu verabschieden, als Rita Quattrini, die hergeschickt worden war, um im Auftrag des Referats für Tourismus einen kurzen, positiven Artikel über neue Gaumenfreuden aus Sardinien für eine Halbjahreszeitschrift auf Hochglanzpapier zu schreiben, stehen blieb, um ihr Küsschen zu geben. Und dann fügte sie hinzu: »Mariuccia Sinis hat mich nach deiner Handynummer gefragt. Was soll ich tun?«

»Wer? Diese Frau, die durch Gebete schwanger geworden ist?«, fragte Bianca in einem scherzhaften Ton.

»Genau die.«

»Und weißt du, was sie will?«

»Das hat sie mir nicht gesagt.«

»Okay. Gib ihr ruhig meine Nummer.«

Wie versteinert hatte ich das Gespräch angehört. Diese bescheuerte Mariuccia fing tatsächlich an, ernsthaft verrückt zu spielen. Eine solche Frage von Rita Quattrini überbringen zu lassen, bedeutete, ein Tamtam auszulösen, das man nicht mehr unter Kontrolle bekommen würde, das wusste sie sehr gut. Wenn sie mich terrorisieren wollte, war sie auf dem richtigen Weg.

»Wer weiß, warum mich diese dumme Kuh sprechen will«, sagte Bianca zu Hause, als sie unter die Laken schlüpfte. Sie hatte genug Zeit vergehen lassen, damit die Frage mich unerwartet traf, das war ihre Art, dergleichen zu handhaben. Mich niemals sofort mit etwas konfrontieren, sondern es so anstellen, dass ich den Eindruck, beinahe die Gewissheit hatte, das Thema sei erledigt. Bianca war so: Sie ließ zunächst alles an sich abgleiten, auch wenn es sehr an ihr nagte, um nicht in die direkte Konfrontation zu gehen. Sie bereitete lieber einen Hinterhalt vor, und wenn es so aussah, als ob alles hinter uns läge, griff sie meine offene Flanke an. »Sie ist ein paarmal im Restaurant gewesen, sie weiß, wo sie mich finden kann. Die Nummer steht im Telefonbuch«, bemerkte sie.

»Sie will dich bestimmt zur Verehrung irgendeines Heiligen bekehren«, scherzte ich.

»Für mich gibt es nur Sant'Efisio«, stellte sie in einem Ton fest, der nichts Gutes ahnen ließ. »Aber es ist komisch, es ist, als wollte sie mit mir über etwas sehr Persönliches sprechen. Meinst du nicht?«

»Ich habe nicht die leiseste Ahnung, Schatz«, antwortete ich und streichelte ihr zärtlich übers Bein. Sex war das Letzte, woran ich jetzt dachte, doch meine Freundin trug den roten Unterrock, was in unserer Sprache »Ich habe Lust auf dich« bedeutete. Ich hatte gemerkt, dass sie ihn aus der Schublade nahm, und war eilig ins Bad gegangen und hatte im Schränkchen gekramt, um mir Unterstützung bei der Chemie zu holen. Die blaue Pille würde mir helfen, eine befriedigende Erektion zu bekommen.

»Hör zu, Gigi Vianello«, sagte sie, als sie die Bettlaken wegriss und sich auf mich setzte. »Wenn ich herausbekomme, dass du mich mit einer anderen betrügst, bringe ich dich um. Aber vorher schneide ich ihn dir ab«, sie packte ihn mit der rechten Hand, »und dann lasse ich dich verbluten.« Das war nicht nur Spaß. Ich merkte es an der Wut, mit der sie an diesem Abend über mich herfiel.

Die ganze Nacht tat ich kein Auge zu. Mit großen Pupillen starrte ich die Decke an, zermarterte mir das Hirn auf der Suche nach einem perfekten Plan, um mich aus dem Schlamassel, in den ich geraten war, zu befreien. Bianca schlief selig. Ich quälte mich. Ich stand vor dem Morgengrauen auf, schweißgebadet und mit noch wirreren Gedanken im Kopf.

»Wohin gehst du?«, nuschelte Bianca, das Gesicht ins Kissen gedrückt.

»Ich kann nicht schlafen, es ist schon zu heiß für meinen Geschmack«, sagte ich und verwünschte ihr Talent, immer den falschen Zeitpunkt zu erwischen. »Schlaf weiter, verdammt noch mal!«, dachte ich.

»Wenn du auf mich wartest, können wir zusammen zum Fischmarkt gehen, um die Einkäufe zu machen.«

Jetzt hätte ich sie am liebsten gewürgt. Ich musste Luft schöpfen, atmen, das Gehirn durchlüften. Sie um mich herum zu haben und von ihr Anweisungen zu bekommen, was wir fürs Restaurant nehmen oder nicht nehmen sollten, war das Letzte, was ich mir wünschte. Ich wollte allein sein. Allein. Langsam spürte ich meine Nerven.

»Schlaf, Schatz, mach dir keine Sorgen. Ich kümmere mich darum, den Fisch einzukaufen.« Ich musste mich zusammennehmen, um ihr so ruhig antworten zu können.

Bianca sagte irgendetwas Unverständliches, schloss dann wieder die Augen.

Ich stieg in meinen Cayenne und fuhr zum Restaurant. Nie und nimmer hätte ich Fisch auf die cremefarbenen Ledersitze geladen. Ich nahm die Schlüssel des Fiorino, kletterte hinein und fuhr stadtauswärts, zum Fischmarkt. Es war noch dunkel, die Straßenlampen hielten an der Strandpromenade Wache, doch sogar die Mücken und kleinen Fliegen, die sie bis vor wenigen Stunden umschwärmt hatten, waren zur Ruhe gekommen. Die Zeit schien stillzustehen. Das Meer im Hafen war flach, unbeweglich wie die von salziger Feuchtigkeit geschwängerte Luft. Ich fuhr und dachte nach, ließ die Palmen der Promenade hinter mir und versuchte mir vorzustellen, was ich tun müsste, um zu verhindern, dass mein System durch die Schuld von Mariuccia Sinis zusammenbrach. Doch ich fand noch immer nicht die perfekte Lösung. Bei der Hitze verklebten sogar meine Gedanken.

Als ich den Markt erreichte, hüllte mich das grünliche Licht der Stände ein, und ich begann mich wie ein Roboter zu bewegen. Ich war wie betäubt. Die Sinne getrübt, müde, nervös. Die Rufe der Käufer und Verkäufer mischten sich in meinem Hirn. Der scharfe Geruch nach Fisch und der widerliche Gestank der nassen Netze stiegen mir in die Nase. Ich hätte von einem Moment auf den anderen zwischen einen Korb mit Tintenfischen und eine Reihe Krebse kotzen können, war kurz davor zusammenzuklappen. Die Übelkeit bohrte mir ein Loch in den Magen. Ich setzte mich auf einen Stapel Kisten. Ich musste weiß im Gesicht sein. Leichenblass.

»Dottor Vianello, was ist los? Geht es Ihnen nicht gut?«

Ich hob den Blick und erkannte einen der Jungs vom Stand 51, dem der Farris-Fischkutter, unserer Hauptlieferanten.

»He ... Dottor Vianello? Fühlen Sie sich schlecht?«

Sein Gesicht war mir ganz nah gekommen, er hatte einen furchtbaren Zigarettenatem. Er roch nach schwarzem Katarrh. Ich war kurz davor zu kotzen.

»Nur Mut, kommen Sie, ich mache uns eine schöne heiße Zitrone. Dann fühlen Sie sich gleich besser.«

Er hakte mich unter und setzte mich auf einen weißen Plastikstuhl mit gelben Flecken.

»Ich muss eben noch eine Kleinigkeit erledigen und komme dann gleich zu Ihnen.«

Der Junge nahm den Deckel einer Reuse ab, einer tödlichen Falle, die die Fischer ins Meer werfen, um Muränen und Aale zu fangen. Es genügte, ein Stück Krake hineinzustecken, und sie kamen geschwommen, wurden gefangen und konnten nicht wieder heraus. Der Junge stürzte die Reuse auf ein großes Brett aus schwarzem Holz. Sofort schlüpften zwei Muränen mit dickem Kopf und spitzen Zähnen heraus. Es schien, als starrten sie mich an, während sie versuchten, sich mit aufgerissenen Rachen zu mir hin zu schlängeln, und ihre krummen, scharfen Eckzähne zeigten. Doch das dauerte nur eine Sekunde: Ein Holzknüppel ging auf sie nieder, zwei tödliche Stockschläge, und ihr Hirn war zertrümmert. Zuerst bei der einen, dann bei der anderen. Blitzschnell und präzise, dann verschwand der schwere Knüppel des Jungen so rasch, wie er aufgetaucht war. Meine Übelkeit war mit einem Mal vorbei.

»Nun, Dottor Vianello, wollen Sie jetzt eine heiße Zitrone trinken?«

Meine Vision hatte endlich Gestalt angenommen. Jetzt wusste ich, was ich tun musste.

Als Erstes vergewisserte ich mich, dass Carlo Alberto Pedevillas im Geschäft war, dann rief ich Mariuccia aus einer Telefonzelle an. »Ich will nicht mit dir reden«, sagte sie gleich in einem jammervollen Ton. »Du bist ein mieser Typ, du hast mich schlecht behandelt. Ich hoffe, das Kind schlägt nicht nach dir.«

Ich bemühte mich, nicht loszuschreien. »Warum willst du mit Bianca sprechen?«

»Ich weiß nicht«, antwortete sie verwirrt. »Das war nur so eine Idee.«

Ich seufzte erleichtert auf, vielleicht war die Situation gar nicht so tragisch. »Wie geht es mit deinem Carlo?«

»Immer schlechter. Er schläft nicht mehr mit mir und beschimpft mich als Hure, sogar wenn die Filipina dabei ist. Ich bin verzweifelt, Gigi. Ich weiß nicht mehr, was ich tun soll.«

Ich sprach lange mit ihr, versuchte sie zu beruhigen, auch wenn ich in Wirklichkeit mir selbst Mut zusprechen wollte. Ich beschwor sie, Bianca aus dieser Geschichte herauszulassen und mein Leben nicht zu ruinieren. Bevor sie auflegte, stammelte sie noch irgendetwas über ihre unglückliche Mutterschaft.

Das Ganze wurde immer schlimmer. Was passieren würde, wenn die Wahrheit herauskäme, konnte man sich leicht vorstellen. Ich würde Bianca verlieren, und die Leute hätten jeden Grund, sich das Maul über mich zu zerreißen. Und das waren nur die Folgen, die mit Sicherheit eintreten würden. Die Reaktion des Juweliers bliebe abzuwarten. Er könnte beschließen, mich von seinen Gorillas, die für ihn die Schulden eintrieben, zusammenschlagen zu lassen, doch das würde ich nicht einfach so hinnehmen. Er könnte allerdings all seine Beziehungen spielen lassen, um mir die Hölle heißzumachen, und man brauchte ja nur an der Oberfläche zu kratzen, um herauszubekommen, was ich wirklich tat. Ich konnte mir nicht den Luxus erlauben, still abzuwarten. Es war Zeit für den Gegenangriff. Ich rief Mariuccia noch einmal an. Mir war eine Idee gekommen. Besser gesagt zwei Ideen – während ich zusah, wie die Muränen auf dem Fischmarkt verendeten.

»Wir müssen uns sehen«, sagte ich am Telefon. »Vielleicht habe ich die Lösung gefunden.«

»Carlo Alberto will nicht, dass ich aus dem Haus gehe, ohne ihm zu sagen, wohin.«

Ich seufzte. »Dann erfindest du irgendwas. Auf eine kleine Lüge mehr oder weniger kommt es jetzt auch nicht mehr an.«

»Ich muss zum Mittagessen zurück sein.«

Wir trafen uns auf einem schmalen Weg, der hoch über dem Meer und mit atemberaubendem Blick von der Küstenstraße nach Villasimius zu einer der kleinen Buchten führte, die man nur mit dem Boot oder auf dem Rücken einer Ziege erreichen konnte. Autos konnten nur bis zu einem steinigen Platz fahren, von dem aus es dreißig Meter steil nach unten ging. Ein zu dieser Jahreszeit vollkommen verlassener Ort. Er belebte sich im Sommer, wenn Horden von Touristen, die mit Flugzeugen und Fähren anreisten, versuchten, mit Seilen den Abstieg in die kleine Bucht zu schaffen. Regelmäßig einmal pro Woche musste der Zivilschutz oder die Feuerwehr irgendjemanden zurückholen, der in den Felsen festsaß oder es mit der Angst zu tun bekommen hatte.

Ich wartete im Auto und sah immer wieder auf die Uhr. Sie hatte Verspätung. Ich fürchtete schon, dass der Juwelier ihr verboten hatte, das Haus zu verlassen. Endlich sah ich sie kommen. Ich stieg in ihr Auto ein.

»Ich hoffe, es ist wichtig«, sagte sie leidend. »Ich musste einen Streit durchstehen, um kommen zu können.«

Ich sah sie mir an. Sie wirkte ziemlich mitgenommen, als stände sie auf der Kippe zu einer Nervenkrise.

Ich nahm ihre Hand. Bei ihr funktionierte das. Die Hand war kalt, und ich bemerkte, dass die Nägel nicht mehr so gepflegt waren wie früher. »Ich habe mir gedacht, du könntest bis zur Geburt woanders hingehen«, sagte ich behutsam.

Ich beobachtete ihre Reaktion auf meinen Vorschlag. Nichts. Mariuccia verzog keine Miene. Also fühlte ich mich berechtigt fortzufahren. »Ich finde für dich einen Platz in der Schweiz, schön, ruhig, an einem traumhaften See, mit einer hochspezialisierten Klinik, wo du deine Tochter zur Welt bringen kannst.«

»Es ist ein Junge«, erklärte sie traurig, die Mundwinkel nach unten gezogen. »Beim Ultraschall hat man sein Pimmelchen gesehen, oder jedenfalls kam es mir so vor. Der Arzt hat gesagt, dass es schwierig ist, fast unmöglich, es schon jetzt festzustellen, doch ich spüre es. Es ist ein Junge.«

Einen Augenblick, nur eine rasch verflogene Sekunde lang hatte ich gehofft, sie wolle das Kind loswerden. »Bist du nicht enttäuscht?«, fragte ich, um das Terrain zu sondieren.

»Natürlich nicht«, antwortete sie mit neuer Energie und zischte wie eine in ihrer Höhle aufgeschreckte

Schlange. Dann begannen ihre Augen zu glänzen, wie erleuchtet und durch eine starke Droge erweitert. »Es war bewegend, ihn zu sehen.«

»Nun, was hältst du davon, in die Schweiz zu gehen?«

Bedächtig schüttelte sie den Kopf. »Ich will, dass er hier in Cagliari geboren wird, in diesem vom Herrn gesegneten Land.«

»Für eine Frau in deiner Situation verlangst du zu viel.«

Sie zuckte mit den Schultern. »War das deine großartige Idee?«

Ich behielt die Nerven und ignorierte ihren ärgerlichen und unverschämten Sarkasmus. »Eine von zwei Ideen. Die andere betrifft deinen Carlo Alberto. Ich habe mir sagen lassen, dass er ein Wucherer ist. Wenn du etwas weißt, das wir benutzen können, um zu verhandeln …«

»Um ihn zu erpressen, willst du sagen.«

»Du kannst es ausdrücken, wie du willst, der Inhalt bleibt gleich.«

»Ich werde dir nichts sagen, was ihm schaden könnte. Carlo Alberto ist mein Mann.«

»Du bist eine selten dumme Frau.«

Sie wandte sich mir zu und fixierte mich mit einem Blick, der mir Angst machte, der Mund verzerrt, die Pupillen aufgerissen, ihre ganze Perfektion war einer irrsinnigen Monstrosität gewichen. »Du hast recht. Und weißt du, was ich dir sage? Dass ich, wenn ich nicht alles verlieren und mein Leben und das des Kindes ruinieren will, den Mut finden muss, die Wahrheit zu sagen. Allen. Carlo Alberto und meiner Familie.«

»Das ist Blödsinn, das weißt du.«

Sie hörte mir nicht mehr zu. »Und du musst das Gleiche tun. Du musst es Bianca sagen.«

»Das waren nicht unsere Abmachungen.«

»Aber die Dinge haben sich verändert. Und außerdem kann ein Kind nicht in Lüge und Sünde geboren werden.«

»Auf die Art ruinierst du mich.«

»Zum Schluss wird alles in Ordnung kommen. Die Geburt eines Kinds ist ein Geschenk des Herrn.«

»Du bist verrückt, Mariuccia.«

»Nein. Ich bin nur verzweifelt. Durch uns ist ein Lebewesen entstanden, wir müssen uns dafür verantwortlich zeigen.«

»Und wann gedenkst du alles zu erzählen?«

»Heute Abend, morgen, ich weiß nicht.«

»Das kann ich dir nicht erlauben.«

»Es gibt keine andere Möglichkeit, Gigi. Die Schweiz, Erpressungen … Machst du dir nicht klar, dass du auch verzweifelt bist?«

Ich packte sie bei den Haaren und schlug ihren Kopf mit Gewalt gegen das Autofenster. Noch einmal und noch einmal. Mariuccia verlor das Bewusstsein. Ich betrachtete sie in der irrealen Stille des Autos. Dann nahm ich ihr Tuch, band es ihr um den Hals und zog zu. Ihr Gesicht verzerrte sich zu einer Grimasse, und dann war sie tot.

»Du kannst mich mal!«, schrie ich. »Du kannst mich mal am Arsch lecken, blöde Kuh!«

Ich stieg aus dem Auto aus. Der Himmel war klar, das Meer blau und ruhig, und eine sanfte Brise wehte vom Land her. Ein wundervoller Tag für meinen ersten Mord.

Jetzt musste ich mir überlegen, was zu tun war, damit ich nicht im Gefängnis endete. Den Mord an einer schwangeren Frau bezahlt man teuer. Immer.

Ich konnte nicht zulassen, dass man die Leiche fand, weil es möglich war, aus dem Fötus die DNA des Vaters zu rekonstruieren, und durch ihre Ermittlungen mochten sie auf mich kommen. Und ich konnte nicht zulassen, dass man das Auto in diesem Zustand fand, denn ich hatte mit Sicherheit Spuren hinterlassen und würde es nicht schaffen, sie zu beseitigen. Ich hatte keine Folge von *CSI* New York, Miami und Las Vegas verpasst. Erste, zweite und dritte Staffel. Ich durfte den Spurensuchern nichts hinterlassen. Nichts. Und dann? Eins nach dem anderen, sagte ich mir. Diese kritische Situation hier musste als Erstes bewältigt werden.

Ich holte meinen Cayenne und lud Mariuccias Leiche in den Kofferraum. Dann stieg ich in ihr Auto und fuhr bis an den Rand der Klippen, öffnete ein Fenster und schob den Wagen mit großer Mühe hinunter. Er stürzte ins Meer, doch das Wasser war nicht tief genug, sodass er nicht ganz unterging. Der Wechsel der Gezeiten würde dafür sorgen, ihn versinken zu lassen. Man würde ihn finden, doch mit ein klein wenig Glück erst nach einiger Zeit, denn um ihn zu entdecken, musste man sich weit über die Klippen beugen. In der Zwischenzeit würde das Wageninnere vom Salzwasser schön ausgewaschen sein.

Jetzt musste ich mich um Mariuccia kümmern. Ich entfernte die Karte aus ihrem Handy, damit es nicht lokalisiert werden konnte, und machte dann bei meinem Handy das Gleiche, um eine Rekonstruktion meiner Bewegungen zu verhindern. Dann fuhr ich an die Peripherie von Quartu, einer der größten Gemeinden im Hinterland, wo in der Nähe neuer Wohngebiete Dutzende von Einkaufszentren entstanden waren. Ich hatte die Qual der Wahl. Ich setzte mir die Sonnenbrille auf, damit keine Kassiererin in Versuchung käme, sich meine verschiedenfarbenen Augen ins Gedächtnis einzuprägen. Ich ging in einen großen Supermarkt und legte in einen Einkaufswagen, in den ich schon wild durcheinander irgendwelche Waren geworfen hatte, damit es wie ein ganz normaler Einkauf aussah, eine Rolle mit Haushaltsmüllsäcken, eine Hacke und einen Gartenspaten, außerdem eine Packung Gummihandschuhe. Ich zahlte bar und fuhr wieder los.

Ich fuhr in die Hügel von Burcei. Ein verwunschener Ort, am Fuße der Monti dei Sette Fratelli gelegen, von dem die Brandstifter lieber die Finger gelassen hatten. Die Hirten und Wilderer der Gegend, deren Lebensgrundlage diese dichten und zum Teil undurchdringlichen Wälder waren, hätten sie ihnen abgehackt. Und bisher waren diese unwegsamen Hügel auch für Bauspekulanten reichlich uninteressant: Sie lagen nicht nah genug am Meer und waren nicht hoch genug, um als Berge zu gelten. Warum also sollten Pyromanen den Baggern den Weg bahnen?

Das sind die Gesetze des Marktes. Wenn es keine Nachfrage gibt, schafft man kein Angebot. Und für den Augenblick heizt man den Bedarf nicht an.

Nach ungefähr zwanzig Kilometern drang ich in den dichter werdenden Wald ein und begann ein tiefes Loch zu graben, vielleicht fünfzig Meter von einem Pfad entfernt, der von der Schotterstraße abzweigte. Hin und wieder machte ich eine Pause und kontrollierte die Umgebung. Außer den Krähen, die mich aus dem Geäst aufmerksam, quasi interessiert an dem, was ich tat, beobachteten, regte sich nichts. Mir schien alles ruhig, und nach etwas über zwei Stunden hatte ich ausreichend tief gegraben. Ich packte Mariuccia in die Müllsäcke, verschloss alles mit Klebestreifen, um zu verhindern, dass ein Hund oder ein Wildschwein Lust bekäme zu graben, lud sie mir auf die Schulter und trug sie zu der Grube.

»Ruhe in Frieden, Mariuccia Sinis. Ruhe in Frieden. Du und dieser Bastard von meinem Sohn.«

Ich sagte es nicht, doch ich dachte es mit klarer Wut.

Ich war vollkommen verschwitzt. Und stank. Ich roch stark nach der nassen Erde, in der ich gegraben hatte, nach den Zweigen voller Myrtenbeeren, die ich abgerissen hatte, um Platz zu schaffen, und ich ertrug den üblen Geruch meiner müden, feuchten Achseln nicht mehr. Ich roch ranzig. Ich verpestete die Luft. Oder vielleicht empfand ich es nur so.

Ich fuhr zurück zum Einkaufszentrum, wo ich eine Self-Service-Autowaschanlage bemerkt hatte. Dort reinigte ich den Kofferraum sorgfältig mit dem Staubsauger und spritzte auch die Räder ab, um jede Spur von Erde zu beseitigen.

Phase eins war abgeschlossen. Jetzt musste ich je nach Situation schnell taktieren, aber das machte mir keine allzu großen Sorgen. Denn was verband mich denn im Grunde mit Mariuccia? Eine Reihe von Telefonaten. Auf die würden sie natürlich stoßen, und wahrscheinlich würde man mich vernehmen. Kein Problem: Ich hatte die Signorina bei dem Geburtstagsfest von Bobo Nobile kennengelernt, und wir hatten ein paarmal miteinander telefoniert und über alles Mögliche geredet. Punkt. Nichts, was mich mit Mariuccias Verschwinden in Verbindung bringen könnte. Ein Verschwinden, das mit Sicherheit eine morbide Neugierde in ihrem Freundeskreis auslösen würde, aber nicht darüber hinaus. Man würde eine ganze Weile bei Gesellschaften mit gedämpfter Stimme von nichts anderem reden. Aber damit hatte es sich dann auch. Mariuccia war nur ein Gadget von Carlo Alberto Pedevillas. Eine kleine Figur im Schatten eines Mannes, der nicht wollte, das man allzu viel über ihn berichtete, besonders jetzt, da er beschlossen hatte, in die Politik zu gehen. Und ohne Leiche würden sowieso die Spekulationen überwiegen. Sie war schwanger, hatte große persönliche Schwierigkeiten und Beziehungsprobleme. Faktoren, die ausreichten, eine Verzweiflungstat oder Flucht möglich erscheinen zu lassen. Das Wichtigste war jetzt, am Rande der Angelegenheit zu bleiben, einer von vielen anonymen Komparsen.

Es mag unglaublich scheinen, doch an jenem Tag, als ich Mariuccia Sinis und was sie im Bauch hatte umbrachte und verschwinden ließ, suchte die halbe Welt nach mir. Ich musste einen Haufen Lügen erzählen. Am schlechtesten funktionierte die Lügengeschichte, die ich Bianca auftischte.

»Wo bist du gewesen?«, fragte sie gereizt. »Dein Handy war den halben Tag lang ausgeschaltet.«

»Ich habe mir Häuser am Meer angesehen, und da gab es kein Netz.«

»Wo?«

»Werde ich jetzt verhört?«, platzte ich nervös heraus.

»Beruhige dich, Gigi. Ich war nur neugierig.«

Ich merkte, dass ich den falschen Ton angeschlagen hatte, und versuchte es wiedergutzumachen. »Entschuldige, Schatz«, sagte ich süßlich, »aber ich möchte dir nichts sagen. Wenn die Sache klappt, soll es eine Überraschung für dich sein. Eine große Überraschung. Du wirst sehen.«

»Eine angenehme Überraschung wäre ein Haus in Santa Margherita di Pula«, meinte sie wie nebenbei. »Du weißt ja, dass alle meine Freundinnen da hinziehen.«

»Ich weiß, Schatz, ich weiß ...«

Ich wurde mitten in der Nacht wach und fuhr im Bett hoch. Bianca merkte nichts und schlief weiter. Mein Herz schlug heftig, und ich rang nach Luft. Ich hatte eine verdammt wichtige Sache vergessen: das Apartment, wo ich mit Mariuccia gevögelt hatte. Es lag in Pirri, in einem gesichtslosen Mietshaus am Stadtrand, in dem hauptsächlich Büros waren. Ich hatte es vor einiger Zeit gekauft, wie immer auf Anraten von Peppino Floris, und war mir noch nicht klar darüber, ob ich es weiterverkaufen oder vermieten sollte. Eine Dreizimmerwohnung, in der ich nur das Bad und ein Zimmer eingerichtet hatte: Bett, Nachttischchen und Schränke, für ein Trinkgeld von einem der vielen Opfer der Finanzierungsgesellschaft von Peppino Floris gekauft. Jetzt war das Apartment voller Spuren und Fingerabdrücke von Mariuccia, und außerdem konnte uns irgendjemand gesehen haben. Ich verbrachte den Rest der Nacht damit, darüber nachzudenken, ob ich sonst noch irgendetwas vergessen hatte, das mich ins Gefängnis bringen konnte.

Am nächsten Morgen fuhr ich in aller Frühe zu dem

Apartment. Ich reinigte alles mit viel Putzmitteln und gab Peppino den Auftrag, es zu verkaufen.

»Das ist nicht der richtige Zeitpunkt«, jammerte mein Partner. »Du solltest wenigstens noch ein Jahr warten.«

»Ich brauche flüssiges Geld«, sagte ich kurz angebunden. Floris wusste, dass das nicht stimmte, aber er machte keine Bemerkung. Schließlich konnte ich über mein Vermögen verfügen, wie ich wollte.

Niemand hätte das Verschwinden Mariuccias bemerkt, niemand außerhalb ihrer engeren Familie (arme Leute, die keinen Finger gerührt und sich nicht zu Wort gemeldet hätten) und außerhalb ihrer Kreise, also unserer Kreise, wo ebenso wenig jemand etwas unternommen hätte, da alle mit sehr viel wichtigeren Dingen beschäftigt waren. Ihr Name wäre gerade einmal ein paar Monate lang bei Abendgesellschaften, Aperitifs, sonntäglichen Golf- oder Segelveranstaltungen erwähnt worden, hätte dann neuen und ergiebigeren Themen Platz gemacht. Ganz gewiss hätten sich die Scheinwerfer der Massenmedien nicht auf sie gerichtet, wenn es Don Efisio Piras und seine Versammlungen von Gläubigen am Strand nicht gegeben hätte. Es wäre nur ein mit sehr viel Diskretion behandeltes häusliches Drama gewesen, denn auch Carlo Alberto Pedevillas war nicht der Typ, der unbedingt in die Zeitungen und ins Fernsehen wollte. Umso weniger, als er die Absicht hatte, in die Politik einzusteigen. Mariuccias Fall wäre einer der vielen Fälle von Personen gewesen, die spurlos verschwanden und in Vergessenheit gerieten.

Auf diese Art wäre es gegangen, wenn Don Efisio Piras nicht alle Schutzheiligen der Stadt angerufen hätte, damit sie Mariuccia »in den Schoß des Vaterhauses« zurückbrächten. So drückte es der junge Priester aus, oder jedenfalls berichtete es so der Journalist, der beschlossen hatte, sein Augenmerk auf die von immer mehr Gläubigen besuchten Versammlungen Don Efisios zu richten.

»Don Efisio ist ein Christus, der für die Sünden derer büßt, die vom rechten Weg abgekommen sind oder vielleicht nie wussten, wie sie ihn einschlagen sollten. Er hält für sie die Speise des Erbarmens, das Brot der Nächstenliebe, den Wein des Verstehens bereit«, so begann der Zeitungsartikel, um dann fortzufahren: »Ein kleiner Gott der Peripherien des menschlichen Geistes und der Vororte der bürgerlichen Zivilisation, die alles aufzehrt. Einer Gesellschaft, die die Reste dessen, was sie verschlingt, in die Ecke wirft, bedeutet es nicht viel, wenn es sich dabei um Menschen handelt, die von einem Leben voller Mühen und erbarmungsloser Konkurrenz verstümmelt wurden. Don Efisio ist der neue Johannes der Täufer. Mit seiner Predigt vom gestrigen Abend hat er diese Stadt daran erinnert, dass sich hier, begleitet von allgemeiner Gleichgültigkeit, ein weiteres Drama abgespielt hat. Das Drama von Mariuccia Sinis, einer nun schon seit Wochen spurlos verschwundenen jungen Frau.« Den Rest des Artikels las ich nicht einmal. Ich hörte an dieser Stelle auf, um wieder und wieder die Fotos anzusehen, die den Artikel illustrierten. Am Morgen, als ich die Zeitung aufgeschlagen hatte, war ich erstarrt, als ich sie sah.

Ein seitengroßes Foto zeigte das lächelnde, doch mit einem sonderbaren Schleier der Melancholie überzogene Gesicht von Mariuccia auf dem Fest in der Villa von Bobo Nobile. Neben ihr war Tatano Rais zu sehen. Sie hatten seine Gesichtszüge unkenntlich gemacht (wie sie es seit Neuestem in Tageszeitungen tun, um keine Scherereien wegen Verletzung der Privatsphäre zu bekommen), doch ich erkannte ihn an seinen von einem viel zu schmal geschnittenen Jackett eingeschnürten breiten Schultern; wer weiß, was ihn an jenem Abend geritten hatte, sich so anzuziehen. Dann war da Bobo, auch er mit verschwommenen Gesichtszügen. Und dahinter, im Hintergrund, war ich, das Gesicht kein bisschen vom Computer bearbeitet, mit einem Glas in der Hand. Man musste genau hinsehen, um zu verstehen, um wen es sich handelte, aber man erkannte mich sofort.

Ich verbrachte den Vormittag damit, mich über die Zeitung zu beugen. Ich schwankte zwischen der Gewissheit, dass jeder mich identifizieren könnte, und dem Gedanken, dass diese Überzeugung nur das Ergebnis meiner galoppierenden Paranoia sei: Nur ein mit einer Lupe ausgerüsteter Betrachter würde erkennen können, wem dieses zur Hälfte vom Blitzlicht des Fotografen erhellte Gesicht gehörte. Ich erinnerte mich nicht, dass bei dem Fest in der Villa Nobile jemand fotografiert hatte. Aber offensichtlich war es so gewesen.

Zuerst machte ich mir Mut. Auf diesem Foto zu sein bedeutete rein gar nichts. Dessen war ich mir sicher. Gleich darauf fürchtete ich mich. Es machte mir Angst, dass anderen mein Gesicht auffallen könnte, und da ich in Venetien offene Rechnungen hinterlassen hatte, könnte es für mich ungesund sein, mit Bild in einer Tageszeitung aufzutauchen, auch wenn es eine Regionalzeitung war. Zum Glück war das Foto schwarz-weiß, und meine Augen hatten den gleichen grauen Farbton.

»Deine Freundin hat ja ein schönes Ende genommen.« Bianca hatte sich hinter mich gestellt, und ich hatte es nicht bemerkt.

»Wann je ist sie denn meine Freundin gewesen?«, antwortete ich, während es mir kalt den Rücken herunterlief.

»Der da im Hintergrund auf dem Foto bist du, oder?«, sagte sie.

»Welcher?«, versuchte ich abzuwehren.

»Der da«, sagte sie, tippte mit dem spitzen Nagel ihres Zeigefingers auf die Seite und durchbohrte mein kleines Gesicht auf dem Foto.

Ich beschloss, Peppino Floris anzurufen. Bevor ich es tat, dachte ich lange darüber nach, denn ich bat meine Minderheitspartner langsam um allzu viele Gefallen. Und für einen Chef geht das nicht. Es wird als Schwäche verstanden, als Aufgeben seiner Position. Aber ich musste es tun. Ich erklärte ihm, dass ich möglichst bald mit dem Journalisten sprechen müsse, der den bewussten Artikel geschrieben hatte. Er antwortete mir, er kenne ihn nicht persönlich, habe aber beste Beziehungen zu seinem Bruder, einem Rechtsanwalt. Und noch bessere zu seinem Vater, auch er Anwalt. Er bat mich um einige Minuten Geduld. Dann rief er mich zurück.

»Kein Problem. Er kommt heute Abend bei dir vorbei, wenn das *Chez Momò* schließt.«

»Perfekt.«

Ich erwartete eine graue Redaktionsmaus. Einen religiösen Eiferer mit Schuppen. Nach dem, was ich gelesen hatte, nach dem, was er geschrieben hatte, wie er es geschrieben hatte, war ich mir da ganz sicher. Stattdessen kam ein Mann um die vierzig in einem taillierten Anzug, sehr gepflegt, nach vorn gekämmtes kurzes Haar, das einige lichter werdende Stellen an den Schläfen verdecken sollte. Die Augen hatte er hinter einer getönten Ray-Ban-Brille versteckt. Er hinkte leicht, doch es wirkte weniger wie eine Behinderung als wie eine schlechte Angewohnheit. Erst aus der Nähe fiel mir auf, dass er eine Narbe auf der Stirn hatte.

»Freut mich«, sagte er und drückte mir die Hand. »Rudy Saporito.«

»Gigi Vianello.«

»Ich weiß, wer du bist. Gepi hat mir viel Gutes über dich erzählt.«

Ich schwieg. Wir gaben uns immer noch die Hand.

»Gepi? Ich weiß nicht, wen ...«, versuchte ich zu lügen.

»Du musst mir nichts sagen, ich muss dir nichts sagen. Du hast deine Probleme begraben, und ich werde sicher nicht derjenige sein, der sie wieder ausgräbt. Du sollst nur wissen, dass Gepi, bevor er für dich gearbeitet hat, für mich gearbeitet hat. Dann wäre ich fast unter ein paar Metern Erde gelandet ...«, er berührte mit dem Daumen die Narbe auf seiner Stirn, »... und er musste das Weite suchen. Als ich erfahren habe, dass du mich sprechen willst, habe ich als Erstes Gepi angerufen. Venetien ist nicht groß, und er ist einer, der viel herumkommt. Und ich hatte das richtig eingeschätzt. Ich wollte nichts über dich wissen, Gepi hat mir nur gesagt, ich soll dir Deckung geben, wenn du Deckung brauchst.«

Dieser Rudy Saporito beunruhigte mich. Ich musterte

ihn, doch es gelang mir nicht herauszufinden, was für ein Typ er war.

»Und, soll ich dir Deckung geben?«

»Ich will nicht mehr mit meinem Gesicht in deiner Zeitung auftauchen«, sagte ich kurz angebunden.

»Ist das alles? Wenn du willst, kann ich mehr für dich tun.«

»Nämlich?«

»In der Zeitung von übermorgen. Für morgen ist es jetzt zu spät. Wir drucken eine Kurzmeldung, in der wir uns als Redaktion bei Herrn Soundso – Namen und Vornamen denken wir uns aus – dafür entschuldigen, dass sein Gesicht durch einen technischen Fehler auf dem Foto zum Artikel über das Verschwinden von Mariuccia Sinis nicht unkenntlich gemacht worden ist.«

»Hm …« Das überzeugte mich nicht so ganz.

»Sicher, es könnte natürlich nach hinten losgehen und dazu führen, dass sich alle das Foto noch mal ansehen, weil sie wissen wollen, wie dieser Trottel von Herr Soundso aussieht, der derart unwichtig ist, dass seine Persönlichkeitsrechte nicht mit der gleichen Aufmerksamkeit geschützt worden sind wie die der anderen.«

»Mag sein …«

»Aber dabei vergisst du zwei Dinge. Erstens: Niemand hebt eine Tageszeitung länger als zwei Tage auf, geschweige denn drei …«

»Zweitens?«

»Zweitens: Auf diesem Schwarz-Weiß-Foto sieht man nicht, dass du verschiedenfarbene Augen hast. Schön, wirklich schön. Originell. Sie geben dir etwas Magisches, wie David Bowie. Kennst du David Bowie, den Sänger?«

Ich antwortete ihm nicht einmal. Und er fuhr fort.

»Außerdem bist du auf diesem Bild so klein, dass man dich überhaupt nicht identifizieren kann, und deshalb haben wir das Gesicht auch nicht bearbeitet. Nur du hast dich erkannt. Du, deine Paranoia, und höchstens noch deine Mutter oder deine Freundin. Also, wenn ich du wäre, würde ich ganz beruhigt sein.«

Mich stimmte das nicht froh.

»Drittens …«

»Es gibt auch noch ein Drittens?« Jetzt machte er mich langsam nervös.

»Drittens kann ich alle Fotos von diesem Fest in der Villa Nobile verschwinden lassen. Ich habe das ganze Paket von dem Fotografen gekauft, und das Foto, das wir veröffentlicht haben, ist nicht das Einzige, auf dem du zu sehen bist.«

»Das scheint mir interessanter.«

»Gut, Gigi Vianello, und was gibt es jetzt zu essen?«

Rudy sagte mir nicht, dass seine Zeitung auch am nächsten Tag auf einer ganzen Seite über den Fall Mariuccia Sinis berichtete. Aber es gab wenigstens keine Fotos, auf denen ich drauf war. Dafür brachten sie ein kurzes Interview mit Carlo Alberto Pedevillas, der erklärte, er sei wegen des Verschwindens seiner über alles geliebten Verlobten am Boden zerstört.

»War es recht so?«, fragte mich Rudy am Telefon. »Hast du die Zeitung gesehen?«

»Ich habe sie gesehen.«

»Ich finde, am besten ist mir die Stelle gelungen, wo ich ihn dazu bringe zu sagen, dass sie bald heiraten wollten und auch schon ein Kind auf den Weg gebracht hatten. Wie kann man nur so etwas sagen: ein Kind auf den Weg bringen. Dieser Carlo Alberto Pedevillas ist wirklich ein Monster. Er ist mir schon damals im Gymnasium auf den Sack gegangen, einmal haben wir uns fast geprügelt. Hör mal, Gigi, was anderes, heute Abend komme ich mit meiner ganzen Redaktionsmannschaft und ein paar Freundinnen zu dir. Keine Sorge, die Zeitung zahlt, wir machen das auf Spesen. Man kann bei dir wirklich gut essen, weißt du?«

Die Tischgesellschaft bestand aus zwölf Leuten, das *Chez Momò* war an jenem Abend besser besucht denn je. Rudy saß am Kopfende des Tischs. Er wirkte wie ein Vater. Sprach wenig, hörte viel zu. Man hatte das Gefühl, dass ihn alle an seinem Tisch respektierten und sogar fürchteten.

»Vielleicht weil er schon im Reich der Toten war – mit Eisenstangen zusammengeschlagen wegen einer Reportage, die gewissen Leuten nicht gefallen hat – und nach Jahren im Koma unter die Lebenden zurückgekehrt ist«, hatte mir Peppino Floris über ihn erzählt. »In der Redaktion nennen sie ihn den Untoten und sind davon überzeugt, dass er Glück bringt. Hin und wieder traut sich sogar einer, hinter seinem Stuhl vorbeizugehen und unter irgendeinem Vorwand seinen Rücken zu berühren. Sie glauben, dass er es nicht merkt. Doch er weiß sehr gut, dass sie es machen, um ein wenig von jenem Glück abzubekommen, das ihn auf diese Erde zurückgebracht hat. Aber er weiß auch, dass sie so abergläubisch sind, dass sie sich niemals gegen ihn stellen würden. Einer, der untergegangen und dann wieder an die Oberfläche gekommen ist – wer weiß, welche anderen Kräfte er noch mitgebracht hat. Es heißt, dass es wirklich kein Glück bringt, sich mit ihm anzulegen.«

Ich dachte an Peppinos Worte und konnte nicht glauben, dass wir immer noch derart von Aberglauben und Gerüchten beherrscht wurden. Ich besah mir Rudy Saporito, der am besten Tisch meines Restaurants saß, und fragte mich, wie viel wir gemeinsam haben mochten, abgesehen davon, dass wir beide mit Gepi Geschäfte gemacht hatten. Tja, die Geschäfte mit Gepi.

Wer weiß, was er mit meinem Dealer laufen hatte. Doch mit Sicherheit hatte ich bei solchen Geschichten weniger Schaden genommen als er. Ich richtete meinen Blick auf seine Stirnnarbe. Er bemerkte es, fuhr mit dem Daumen über die schlecht verheilte Narbe, streichelte sie, lächelte und gab mir dabei ein Zeichen, zu ihm zu kommen. Er hatte gewählt. Und dass er nicht von einem meiner Kellner bedient werden wollte, war klar.

Zu trinken bestellte Rudy das Mineralwasser, das ich für mich aus Schottland kommen ließ. Außerdem wollte er nur eine gedünstete Seezunge mit ein wenig Limone. Er war genau das Gegenteil der Person, die am Abend zuvor noch zu später Stunde mit mir zusammengesessen und das Langustenbecken leergefressen hatte. Entweder schwankte er zwischen Extremen, dachte ich, oder er wusste, wem er sich offen zeigen konnte und wem nicht, und vor allem wo und wann. Aber mit Sicherheit war er ein guter Schauspieler.

Der Tisch der Journalisten war die Attraktion des Abends. Nicht nur weil sie die allerhübschesten Praktikantinnen aus der Redaktion mitgebracht hatten – »Aspirantinnen«, hätte Bobo Nobile gesagt, wenn er hier gewesen wäre –, sondern weil niemand besser als sie die Neugierde befriedigen konnten, die das Verschwinden Mariuccias inzwischen ausgelöst hatte. Wenn sie eine arme arbeitende Frau gewesen wäre, hätte niemand auch nur eine Minute lang über sie nachgedacht, doch als Freundin von Carlo Alberto Pedevillas gehörte sie zu den besseren Kreisen. Und hier in der Provinz gehen die Dinge immer noch ihren gewohnten Gang. Die Leute wollen alles wissen. Sie wollen etwas zu klatschen haben. Und das Ganze konzentrierte sich jetzt im *Chez Momò*, wobei der Tisch von Rudy und seinen Reportern den absoluten Mittelpunkt bildete.

Ein sehr kleiner, tief gebräunter und vollkommen kahler Mann, der gleich zu Anfang gierig sechs oder sieben Austern geschlürft hatte, wiederholte immer wieder, er habe keine Zweifel an dem, was ihm ein Vertrauensmann gesagt hatte: Mariuccia habe sich irgendeiner mystischen Versenkung hingegeben und sei zu dieser Stunde beim tausendsten Rosenkranz in Medjugorie, während hier alle nach ihr suchten.

»Schuld daran ist dieser Priester und seine verrückten Ideen …« Die Praktikantin, die neben ihm saß, kurzer Pony, üppiger Busen, teilte seine Vorliebe für Krustentiere und seine Gedanken. »Meine Cousine betreibt wegen diesem blöden Penner von einem Pfaffen, der sich auf die Werte der Urchristen beruft, keinerlei Verhütung mehr und hat inzwischen schon vier Bälger. Vier, das muss man sich mal vorstellen, und das mit gerade mal dreiundzwanzig. Wie macht man das bloß? Wie macht man das?«

Am Nebentisch hatte das die Frau eines Notars, der

einer meiner alten Stammgäste war, mitbekommen. »Entschuldigen Sie, Signorina, wenn ich mir erlaube … Aber das macht man, wie man es früher machte. Aus Liebe, nicht, wie man es heute macht, wo man meint, in einem Kaninchenstall gelandet zu sein. Und wenn aus der Liebe Kinder hervorgehen, so mag der Herr sie segnen. Außerdem, wenn Sie es wirklich wissen wollen: Meiner Meinung nach ist Signorina Sinis nicht in Medjugorie, allenfalls in Lourdes, denn seit einigen Tagen gibt es einen Charterflug dorthin. Ich weiß es, weil ich nächste Woche als Krankenbegleiterin hinfliege.«

Ich hörte zu, als ginge mich die Sache nichts an. Ich befand mich in einem seltsamen Zustand vollkommener Ruhe, als wäre ich dadurch, dass die Nachricht groß herausgekommen war, vor jedem Verdacht geschützt. Und was für ein Verdacht denn überhaupt.

»Lassen Sie es sich von mir gesagt sein«, meldete sich einer der Journalisten zu Wort, ein hagerer Typ mit pockennarbigem Gesicht. »Von dieser Geschichte wird man nichts mehr hören, Mariuccia Sinis wird nie wieder auftauchen. Ob durch ihren eigenen Entschluss oder durch ein Unglück, das weiß ich nicht, aber glauben Sie mir, die Wahrheit wird nie herauskommen.«

»Und wer sagt das?«

»Mein sechster Sinn«, antwortete er einem Vizepräfekten, der jeden Donnerstag zur gleichen Zeit kam und mit Frau und Tochter immer am selben Tisch saß.

»Wir in der Präfektur sind nach der Billigung des Plans zur Verbrechensbekämpfung im letzten Jahr sicher, dass der Fall rückhaltlos aufgeklärt wird. Rückhaltlos. Daran gibt es keinen Zweifel.«

Ich sah sie mir an, und mir ging der Gedanke durch den Kopf, ob wir wohl alle auf dem Satellitenkanal Classic gelandet waren, Sendeplatz dreihundertzwei. Der Sender, der ausschließlich alte italienische Komödien ausstrahlt. Schwarz-weiß oder Technicolor aus den sechziger Jahren. Seit damals hatte sich wirklich nicht viel geändert, gerade einmal das Bühnenbild und die Kostüme. Die Tochter des Vizepräfekten hätte mit ihren dreizehn Jahren nicht so ein enges T-Shirt getragen, das ihr fettes Bäuchlein aus den Jeans vorquellen ließ. Sie wäre überhaupt neunzehn Jahre alt gewesen, und die Ermahnungen des Vaters (»Kannst du dich nicht anständig anziehen, siehst du nicht, dass du halb nackt bist?«) hätten sich auf einen englischen Minirock bezogen. Seine Frau hätte mit dem gleichen Begehren unseren Kellner Mario, den regionalen Spinning-Champion, angesehen. Und die Tischnachbarn hätten sich genauso mit den Ellbogen angestoßen, wenn meine Bianca vorbeiging, die an diesem Abend schöner denn je war.

»Meiner Meinung nach ist Mariuccia Sinis längst tot«, verkündete Bianca.

Und im Restaurant herrschte für ein paar Augenblicke eisige Stille.

4

Einundvierzig Tage lang passierte nichts. Am zweiundvierzigsten tauchten, als ich gerade zusammen mit Bianca an unserem gewohnten Tisch im *Chez Momò* zu Mittag aß, ein Mann und eine Frau auf, denen »Bulle« auf der Stirn geschrieben stand. Sie stellten sich diskret als Sovrintendente Mario Uras und Vicesovrintendente Attilia Torrini von der Polizei vor. Ich musterte die Frau: schwarzes Haar, schwarze Augen, wie tausend andere. Von einer, die mit einer Pistole und einem Abzeichen durch die Gegend läuft, würde man etwas mehr erwarten.

»Nehmen Sie Platz«, sagte ich und zeigte auf die beiden leeren Stühle. »Können wir Ihnen etwas anbieten?«

»Wir sind im Dienst«, antwortete Uras, breitete die Arme aus und ließ dabei einen gelblichen Rand unter einer Achsel sehen.

»Wir sagen es keinem«, warf Bianca in einem vertraulichen Ton ein.

»Danke, Signora. Mag sein, dass wir der Versuchung sonst nachgeben würden, aber wir müssen Signor Vianello nur ein paar Fragen stellen.«

»Okay«, sagte ich ruhig. Dann wandte ich mich an Bianca. »Kannst du uns bitte allein lassen, Schatz …«

»Aber nein, bleiben Sie doch, und essen Sie zu Ende«,

beeilte sich Attilia Torrini zu sagen. »Wir sind ganz schnell fertig.«

Die Polizistin lächelte, doch aus ihren Augen sprach etwas ganz anderes. Dieses Miststück wollte, dass Bianca zuhörte, um zu sehen, wie sie auf die Nachricht reagierte, dass ich einige Male mit der Vermissten telefoniert hatte.

»Kennen Sie Mariuccia Sinis?«, fragte Uras.

»Ja«, antwortete ich ohne zu zögern und registrierte aus den Augenwinkeln den erstaunten Ausdruck meiner Freundin. »Ich habe sie bei dem Geburtstagsfest von Bobo Nobile kennengelernt.«

»Und haben Sie sich danach mit ihr getroffen?«, fragte Torrini. Sie hatten sich die Fragen aufgeteilt.

»Nein«, antwortete ich im gleichen Ton. »Ich habe sie ein paarmal hier im Restaurant gesehen, und wir haben mehrmals miteinander telefoniert ...«

Biancas Stimme klang hart, als sie fragte: »Und worüber habt ihr geredet? Hier im Restaurant habe ich euch nie ein Wort wechseln sehen.«

Die Polizisten lächelten zufrieden und warteten still auf die Antwort.

Ich zuckte die Schultern. »Sie wollte ein Fest organisieren und hat mich um Kostenvoranschläge für das Catering gebeten, das ist alles.«

Uras zog aus seiner Jägerweste ein zusammengefaltetes Blatt Papier, faltete es auseinander und legte es auf den Tisch. Es war die Aufstellung unserer Telefonate.

»Einige Gespräche haben weniger als eine Minute gedauert«, stellte er sachlich fest. »Das scheint eher geeignet, sich zu verabreden, als die Details eines Fests zu besprechen. Meinen Sie nicht?«

»In der Tat«, antwortete ich ruhig. »Signorina Sinis hat mich oft angerufen, wenn ich gerade beschäftigt war, und dann habe ich sie freundlich gebeten, später noch einmal anzurufen.«

Vicesovrintendente Attilia Torrini zauberte mit der Schnelligkeit eines Taschenspielers einen transparenten Umschlag, der ein zerknittertes Taschentuch enthielt, auf den Tisch. »Gehört das Ihnen?«, fragte sie.

Blitzartig durchzuckte mich die Erinnerung an die Szene, wie ich Mariuccia mein Taschentuch gab, damit sie sich die Tränen trocknen konnte.

Ich tat so, als würde ich es prüfend betrachten. »Ich glaube nicht«, murmelte ich.

Bianca griff nach dem Umschlag und sah sich das Taschentuch eingehend an. »Doch, das ist deins«, rief sie aus. »Sieh nur: Hier sind deine Initialen. Ich habe sie von Signora Virdis sticken lassen.«

Ich beugte mich darüber, um es mir genauer zu besehen. »Du hast recht, das Taschentuch gehört mir.«

»Carlo Alberto Pedevillas, der Verlobte von Mariuccia Sinis, hat es uns übergeben. Er hat es in einer ihrer Handtaschen gefunden«, erklärte die Polizistin. »Sie erinnern sich nicht, bei welcher Gelegenheit die Vermisste in seinen Besitz gelangt ist?«

»Bei dem Fest von Bobo Nobile«, antwortete ich. »Ich glaube, sie hatte sich einen Fleck aufs Kleid gemacht.«

»Das glauben Sie?«, hakte sie nach.

»Ja. Es ist eine ganze Weile her.«

»Die Spurensicherung hat organische Spuren gefunden«, ergänzte Uras. »Keine Spuren von Getränken oder Speisen. Eine ganze Menge Tränen, Signor Vianello. Mag sein, dass Sie sich doch erinnern ...« Er sah seine Kollegin an, überließ es ihr zuzuschnappen.

»Ist Ihnen der Grund bekannt, weshalb sie ein Taschentuch von Ihnen brauchte, um sich die Augen zu trocknen?«

»Nein«, antwortete ich knapp. »In meiner Anwesenheit hat sie nicht geweint. Offensichtlich ist das zu einem anderen Zeitpunkt geschehen.«

»Offensichtlich ...«, wiederholte Attilia Torrini sarkastisch.

»Erinnern Sie sich, wo Sie am Tag des Verschwindens von Mariuccia Sinis gewesen sind und was Sie gemacht haben?«, fragte Uras unvermittelt.

Ich sah ihm gerade in die Augen. »Im Moment nicht«, antwortete ich barsch. »Doch wenn Sie mir ein wenig Zeit geben, bin ich sicher, Ihnen auf die Frage erschöpfend antworten zu können.«

Die Polizisten fixierten mich mit dem Bad-Cop-Blick, um mir zu verstehen zu geben, dass sie mich in Verdacht hatten, in den Fall Sinis verwickelt zu sein. Ich erwiderte ihren Blick und versuchte meine Empörung glaubwürdig wirken zu lassen.

Sie verabschiedeten sich mit einem Kopfnicken und gingen. Ich würde sie in Zukunft häufig wiedersehen.

Ich wandte mich Bianca zu und lächelte sie an. »Zwei Vollidioten, findest du nicht auch?«

Das Gesicht meiner Freundin war bleich vor Wut. »Du hast sie gefickt, du elender Dreckskerl«, knurrte sie böse.

Ich sah mich um und versuchte sie mit Gesten zu beschwichtigen. »Mach keine Szene«, bat ich sie. »Außerdem habe ich überhaupt keine Beziehung zu dieser Frau gehabt.«

Bianca war nicht dumm und brachte die einzelnen Elemente blitzschnell zusammen. Ich gab mir Mühe, sie abzulenken, und spielte die Ich-liebe-dich-es-gibt-nur-dich-Karte, doch sie fiel nicht darauf herein. »Sei ruhig! Sei bloß ruhig, du Scheißkerl«, sagte sie mit leiser Stimme, bevor sie aufstand und in der Küche verschwand.

Ich nutzte die Gelegenheit, mich davonzumachen. Es war weder der richtige Ort noch der richtige Zeitpunkt, mich mit meiner Freundin auseinanderzusetzen. Als ich zu meinem Auto kam, bemerkte ich, dass die beiden Bullen in einem weißen Punto saßen, der direkt hinter meinem Wagen parkte. Die Frau winkte mir zu. Ich antwortete mit einem spöttischen Lächeln. Der Krieg war erklärt, doch ich würde ihn gewinnen. Ich fuhr langsam los und beobachtete im Rückspiegel, ob sie die Absicht hatten, mir zu folgen. Ich sah sie einen U-Turn machen und hinter einer Kurve verschwinden. Ich fuhr ziellos umher, dachte über die nächsten Schritte nach, meine und die der Polizei. Die Bullen hatten einen Verdacht, aber nichts weiter, sonst hätten sie sich anders verhalten. Ich war mir sicher, dass sie die Sache nicht ruhen lassen würden, und sollten sie Ermittlungen über mich anstellen, würde ich zum Schluss in der Scheiße sitzen. Sie würden auf meine Beziehungen zur Familie Sambin stoßen und dann ihre Nase in meine Geschäfte stecken. Ich musste unbedingt aus dem Fall Sinis herauskommen. Jetzt war der richtige Zeitpunkt, sie Mariuccias Auto finden zu lassen. Dadurch würde die Selbstmordhypothese wahrscheinlicher werden. Ich stoppte bei einer Telefonzelle und rief bei der Dienststelle der Carabinieri in dem Dorf an, das am nächsten zum Felsen von Solanas lag. Ich tat so, als wäre ich ein durchreisender Tourist, und gab in einem irgendwie französischen Tonfall radebrechend Hinweise auf den Ort, wo das Auto ins Meer gestürzt war.

Vierzehn Ausgaben der regionalen Fernsehnachrichten zeigten den roten Kran der Feuerwehr, der auf ein Hilfsboot montiert war und langsam das Auto Mariuccias aus dem flachen, kristallklaren Meer hob. Die Algen hatten Zeit genug gehabt, die Karosserie ordentlich anzugreifen. An einer Seite hing eine halb geöffnete Tür herunter, wie der leblose Arm eines Toten. Die Heckscheibe war nicht mehr da, und bei dem Aufprall war auch die Windschutzscheibe in tausend Stücke zerbrochen.

Die Fernsehkameras, in einiger Entfernung an der Felsenküste postiert, konnten nicht deutlich zeigen, ob sich im Auto noch die Leiche von Mariuccia Sinis – oder was von ihr übrig war – befand. Auf dem Meer hatte die Hafenkommandantur Schlauch- und Motorboote auf Distanz gehalten, die sich – was auch an der großen Hitze lag – vor der Küste drängten.

Erst in der fünfzehnten Ausgabe, der am frühen Abend, tauchten in den Fernsehnachrichten eines Lokalsenders die Bilder des am Hafendamm liegenden Autos auf: Ein Rinnsal floss aus jedem Loch wie aus einem von Pistolenschüssen durchsiebten Körper. Obwohl man im Wrack die Leiche Mariuccias nicht gefunden habe, sei es eine makabre Szene, die einen schaudern mache, verkündete der atemlose, aufgeregte Reporter, kräuselte die Lippen und begleitete seine Worte mit ruckartigen Halsbewegungen. Die Strömung habe Mariuccia mitgerissen, sagte er ohne zu zögern oder zu zweifeln. Dann sandte er einen schrägen Blick in die Kameras, sein Hals leicht schief, die Lippen aufgeworfen. Ende der Vorstellung.

Am nächsten Mittag erschien Rudy Saporito zur Essenszeit im *Chez Momò*. Das hatte er vorher noch nie getan.

»Die kapieren rein gar nichts«, sagte er, nahm die Spiegelglassonnenbrille ab und bat mich um ein Glas schottisches Mineralwasser. »Auch wenn es bei der Polizei jemanden gibt, der es auf dich abgesehen hat.«

Ich ließ ihn reden.

»Der Polizeipräsident will das Ganze so schnell wie möglich als Selbstmord zu den Akten legen. Dann blamiert er sich wenigstens nicht schon wieder, was er in letzter Zeit ein bisschen allzu oft getan hat.«

Ich antwortete nicht.

»Ich bin heute Abend als Gast in einer Fernsehsendung, die sich mit dem Fall beschäftigt. Was soll ich sagen? Dass es auch für mich Selbstmord ist?«

»Meinetwegen kannst du ihnen sonst was erzählen.«

»Wie du willst, Gigi Vianello, wie du willst«, sagte er und breitete die Arme in einer übertriebenen Geste der Kapitulation aus. »Aber ich will dir doch noch sagen, dass wir schon in der morgigen Ausgabe der Zeitung schreiben, es sei der Zeitpunkt gekommen, den Schleier des Mitleids über diesen Fall zu breiten. Dass es richtig sei, über dieses private Drama für immer den Vorhang fallen zu lassen. Aber denk bloß nicht, wir machen das oder ich mache das wegen deiner schönen Augen.«

»Das würde ja gerade noch fehlen.« Ich gönnte ihm keine Genugtuung.

»Nein, Carlo Alberto Pedevillas ist unser Kunde. Und wir stellen ihn zufrieden. In der Zeitung von morgen wird ein langes Interview mit ihm erscheinen, in dem er erzählt, dass Mariuccia nach jahrelangen Versuchen endlich schwanger geworden sei, doch die Nachricht sie aus dem Gleichgewicht gebracht habe. Statt sich zu freuen, sei sie in tiefste Depression verfallen, in einem dunklen Strudel versunken. Ich werde schreiben, dass Mariuccia sich nicht in der Lage gefühlt habe, einer so großen und plötzlichen Verantwortung gerecht zu werden, nein, statt *plötzlich* schreibe ich *unvermutet*: einer so *großen und unvermuteten* Verantwortung gerecht zu werden, das versteht die Hälfte der Leser nicht, doch es macht den Satz, den ich Pedevillas in den Mund lege, noch gewichtiger und wirkungsvoller. Neben dem Artikel wird die Aussage – die falsche Aussage – ihres Psychiaters erscheinen; ich glaube, er ist ein Freund von Pedevillas. Dann drucken wir noch zwei Sätze des Gynäkologen, der die Schwangerschaft bestätigt, und der Fall Mariuccia Sinis wird abgeschlossen, wie er eröffnet wurde. Carlo Alberto Pedevillas ist keiner, der will, dass die Schweinwerfer auf ihn gerichtet sind, er ist wie du. Und jetzt hat er beschlossen, sie ausschalten zu lassen.«

Ich sah ihn lächelnd an: »Und niemand verdächtigt ihn?«

Er sah mich an und lachte beinahe: »Man verdächtigt keinen, der den ganzen Tag des Verschwindens mit dem Bürgermeister, dem Polizeipräsidenten und dem Bischof zusammen war, um das Geld aus einer Sammlung zur Rehabilitation von Drogenabhängigen zu übergeben. Man verdächtigt keinen, der zur gleichen Loge gehört wie

Bobo Nobile. Entweder hat man Beweise, oder man verdächtigt einen wie Pedevillas nicht. Man kann einen wie dich verdächtigen, nicht einen wie ihn. Du bist erst seit Kurzem hier, er seit Generationen. Du musst noch viel lernen, Gigi Vianello.«

Abends im Lokalfernsehen sah Rudy Saporito in seinem leichten Nadelstreifenjackett tadellos aus. Sie hatten ihn auch geschminkt, doch er wollte wohl nicht, dass sie die Narbe auf seiner Stirn überdeckten. Es stimmte schon, dass die Narbe ihm etwas Beunruhigendes und gleichzeitig Ernstes verlieh; und ich glaube, dass es genau dieser Eindruck war, den Rudy erwecken wollte.

Am liebsten hätte ich ihn zusammengeschlagen, diesen Typ mit seiner Art, sich wie ein kleiner Teufel aufzuspielen. Wer, verdammt, war er denn, mir Lektionen zu erteilen.

Er leierte die Theorie vom Selbstmord herunter. Meinte, dass man die Leiche wohl kaum finden würde. An jener Stelle, so seine Erklärung, bildet der Golfstrom sonderbare Strudel, um dann in einen unterirdischen Wirbel zu strömen, der direkt nach Afrika führt. Ein Graben in mehreren hundert Metern Tiefe. Mit einem Zeigestock wies ein Experte für Geologie auf verschiedene Stellen eines Modells des Meeresgrunds, das man in der Mitte des Studios aufgestellt hatte, um die Thesen des Journalisten zu veranschaulichen. Rudy erklärte und erinnerte daran, dass man von drei Fischern, die vor Jahrzehnten im gleichen Küstenabschnitt mit ihrem Boot bei einem Sturm gekentert waren, nie eine Spur gefunden hatte, während die Regie abwechselnd sein Gesicht, die Bergung von Mariuccias Auto, den großzügigen Ausschnitt der Moderatorin und ein paar Fotos der Verschwundenen, aufgenommen bei dem Fest in der Villa Nobile, zeigen ließ. Alle Gäste auf diesen im Fernsehen ausgestrahlten Fotos waren unkenntlich gemacht. Alle außer mir. Doch es war nur ein Gesicht, das für einen Moment auf einem regionalen Sender zu sehen war.

Keine landesweit ausgestrahlte Nachrichtensendung kümmerte sich um das Verschwinden der jungen Frau aus Cagliari. Bald senkte sich absolutes Schweigen über den Fall. Nicht einmal die Skandalblätter verschwendeten ihr Interesse darauf. Nichts. Und es war nicht so, dass es zu jener Zeit in Sardinien an Leuten zum Schnüffeln oder Wühlen gefehlt hätte. Vielmehr war in Hotels und Frühstückspensionen, auf Kajütenbooten und Bauernhöfen auch für viel Geld kein freies Bett mehr zu bekommen. Nur dass Journalisten, Kameraleute, Fotografen und der ganze Haufen, der für Fernsehen, Radio, Internet, Tageszeitungen, Wochenblätter und Monatszeitschriften aus der halben Welt anreiste, wegen etwas ganz anderem hier waren. Und so war die Nachricht von der armen Mariuccia Sinis weniger wert als Spucke in einem schmutzigen Schweinestall.

Auch das *Chez Momò* hatte zu tun. Drei Runden Mittagessen, vier Runden Abendessen. Gesalzene Rechnungen für alle. Da die Firmen zahlten, würde keiner mit der Wimper zucken. Und außerdem war das Menü das beste, das man in jenen Tagen bekommen konnte, während alle anderen Restaurants der Stadt noch den letzten, zwei Jahre zuvor eingefrorenen Hummer aus der Tiefkühltruhe holten.

Es war wie ein Heuschreckenangriff. Die achte ägyptische Plage. Nur dass diese Heuschrecken Geld brachten, viel Geld, und keine biblische Pestilenz.

Sogar Rita Quattrini wurde vor Ort geschickt. Sie bekam Bargeld für ein neues Kleid, einen schönen Scheck im Voraus für den Bericht und ein Mikrofon, auf dem das Logo eines Satellitensenders prangte. Dann postierte man sie an der Gabelung, wo es von der Provinzstraße zum mittelalterlichen Flecken Su Balossu ging. Ihre Aufgabe bestand darin, so früh wie möglich mitzubekommen, dass die gepanzerten Geländewagen mit den getönten Scheiben unterwegs waren, und die Zuschauer zu Hause an dem Ereignis mit der richtigen Mischung aus Bangen und Staunen teilhaben zu lassen.

»Festlich läuten die Glocken hier auf der Burg von Su Balossu« – eine Kollegin Ritas, die auf einem kleinen Balkon mit Blick auf die Piazza, die Kirche, den Campanile und die Burg hockte, hielt ihren Kopf in die Kamera. Und die Welt stand still, in Erwartung, ein wenig mehr von der Hochzeit des Jahrhunderts zu sehen. Das hatte Rita an der Abzweigung der Provinzstraße ins Mikro geschrien, die Dauerwelle im Wind, zerzaust von dem beim Vorbeirasen der Autokolonne aufkommenden Sturm.

»Eine Hochzeit, die zweieinhalb Millionen Euro kostet, eine Million allein die Miete für die Burg, zehntausend Euro der Blumenschmuck, fünftausend die Gästehandtücher, zwanzigtausend die Kerzen, die alle gelb sein müssen.« Eine andere Journalistin flog in einem Hubschrauber über die Gegend und schien ganz außer Atem zu kommen beim pausenlosen Aufzählen dieser vier Punkte einer Mitteilung, die das tüchtige Pressebüro der beiden Hollywoodstars, die jene steil über dem Meer aufragende Burg ausgewählt hatten, um dort ihre Hochzeit zu feiern, allen Zeitungen hatte zukommen lassen.

Jeder in der Stadt hatte ein kleines Stück vom Kuchen abbekommen. Rita ihr Honorar. Mein Partner Gaetano Sorrentino hatte seine ganze Bodyguard-Truppe untergebracht. Und nun sah ich sie, wie sie alle damit beschäftigt waren, Gäste und Burg abzuschirmen. Viele der Gäste waren mit Yachten gekommen, die jetzt auf der Reede lagen, und wurden mit beleuchteten Tendern an Land gebracht, was wie eine irreale, vom Meer herkommende Prozession aussah. Nicht einmal beim Fest der Patronin der Seeleute, Nostra Signora di Bonaria, hatte man je eine solche Menschenansammlung gesehen. Hunderte von Motorbooten, Kähnen und Bötchen waren vor Anker gegangen, um die Ankunft von Schauspielern, Regisseuren, Sängern und Künstlern aus der halben Welt zu erleben, die sich eines gerührten Jaworts wegen auf diesem Felsen versammelt hatten.

»Es fehlt nur noch eine halbe Stunde bis zur Ankunft des Brautpaars, nur fünfunddreißig Minuten sind es noch bis zu jenem schicksalhaften Ja, und festlich läuten die Glocken auf der alten Burg von Su Balossu. Mehr als dreihundert Gäste sind hier, einhundertfünfzig Kellner, achtzig Köche, einhundert Hilfsköche, vierzig Schäferhunde, die ihre Runden auf den Wachtürmen drehen«, der Journalistin blieb die Luft weg, während ich an Gesuino dachte, meinen jungen Chefkoch, den ich für diese Nacht – und nur für diese Nacht – an die Küchenmannschaft ausgeliehen hatte. »Ein Jahr lang wird er noch davon zehren und mir zwei Jahre lang keinen Ärger machen«, dachte ich, während ich mir sicherer denn je war, dass es eine kluge Entscheidung war, den Bereich Krustentiere beim Catering nicht übernommen zu haben. Zu viel Arbeit und zu viel Stress.

Ich schaute verblüfft auf den Bildschirm, schaltete von Kanal zu Kanal und fand keinen Sender, der nicht die gleichen Bilder zeigte. Jetzt hatten die Polizei und die Carabinieri Mühe, die Menge zurückzuhalten, die zum Ort des Geschehens vorgedrungen war. Die überforderten Bullen hatten sogar beim Zivilschutz um Hilfe gebeten. Es war dunkel geworden, die Blitzlichter der Fotografen leuchteten auf, ein Feuerwerk aus gleißendem Licht, als an der Gabelung mit der Provinzstraße ein Monster auf Gummireifen, ein Einsatzfahrzeug der Marines, ein pechschwarzer Hummer-Geländewagen, gefolgt von drei weiteren ähnlichen Riesenfahrzeugen, auftauchte. Alle Handys der Gegend flogen in die Luft, um einen Schnappschuss vom Brautpaar zu erwischen, das sich jedoch darauf beschränkte, das Fenster einen Fingerbreit herunterzufahren, um dann zwei weißliche Hände erscheinen zu lassen. Sie grüßten. Ein Getöse. Die Apotheose. Die Stimmen der Journalistinnen aus dem Fernseher riefen im Chor: »Da ist das Brautpaar! Da ist das Brautpaar!«

Dann fuhr jede wieder mit ihrer Litanei fort:

»Festlich läuten die Glocken hier auf der Burg von Su Balossu …«

»Vierhundert Kirschen, um die zweiundzwanzig Hochzeitstorten zu verzieren, vierundvierzig Diamanten, die den Schleier der Braut schmücken, fünfunddreißig Brautjungfern, zweiunddreißig Schleppenträger …«

Rita Quattrinis Dauerwelle war nach der Vorbeifahrt

der Hummer-Geländewagen im Arsch. Es schien, als hätte sie auf dem Kopf ein Schwalbennest, mit ein paar Federn und Zweiglein, die in den Haaren steckten. Ihre Arbeit war getan. Das Spotlight der Fernsehkamera, die ihr folgte, erlosch, während all jene, die man in jedem Winkel des Fleckens platziert hatte, aufleuchteten. Jedes Loch, von dem aus man auch nur einen Augenblick der Zeremonie erhaschen konnte, war für teures Geld vermietet worden. Doch die Mauern der Burg waren hoch, und das Feuerwerk, das den Himmel durchzuckte und in tausend Funken im Rhythmus einer Cavalleria rusticana hochging, war das einzige Spektakel, das man außerhalb der Burg von Su Balossu miterleben konnte.

Fünf Kilometer weiter oben in den Bergen begann der Körper von Mariuccia Sinis langsam zu verwesen, ihrer und der unseres Kindes. Aber niemand, absolut niemand würde etwas davon mitbekommen. Und ganz bestimmt nicht diese Journalisten.

5

Die Arbeit war sehr viel schwieriger geworden, jetzt musste ich auf jede kleinste Kleinigkeit achten, denn es war nicht ausgeschlossen, dass die Bullen mich kontrollierten. Es war eher so gut wie sicher.

Ich traf meine Partner in einer Wohnung im Marina-Viertel. Dort konnte ich mich sicher bewegen, das wusste ich. Es genügte, in das Labyrinth der Straßen einzutauchen, wo einst nur die Fischer und Händler vom Hafen zu Hause waren. Schon immer ein großes Durcheinander, wie überall dort, wo Schiffe festmachen. Die Chinesen hatten hier bereits zu Anfang des zwanzigsten Jahrhunderts ihre Läden eröffnet, mit Garnen und Perlmuttknöpfen gehandelt. Offiziell. In den feuchten Kellern hinter den schweren Vorhängen ihrer Spelunken hing der fette, warme Duft des Opiums, der sich mit dem Geruch von gebratenem Fisch aus den Trattorien mischte. Der Geruch nach Gebratenem ist immer noch da, die Chinesen betreiben jetzt andere Geschäfte, hauptsächlich Glücksspiel, und in der Zwischenzeit sind die Pakistani gekommen, die Nigerianer, die Senegalesen, die Inder, die Ukrainer. Die Russen noch nicht. Die Cagliaritaner haben die anderen angesteckt, nicht umgekehrt, also folgen alle einem gleichgültig-trägen Rhythmus. Keiner versucht den anderen fertigzumachen, jeder hat seinen eigenen Bereich, und wer aus der Reihe tanzt, bringt das ganze Viertel gegen sich auf. Und wenn das Viertel dich nicht mag, schaffst du es verdammt noch mal nicht, mit heiler Haut durch die einen halben Meter breiten Gassen zu kommen oder die Bogengänge hinter dich zu bringen, wo die alten Einbrecher, Zuhälter und Betrüger ihre Clubs für Karten- und Wettspiele haben.

Ich parkte weit entfernt von dem Ort, wo ich hin wollte, auf der Parkfläche am Einschiffungshafen der Fähren vor dem Marina-Viertel. Diese Asphaltzunge, von gelben Streifen durchzogen, bildet die Demarkationslinie: dahinter das unendliche Meer, auf der anderen Seite der enge Strudel einer dicht gedrängten, in ein Stadtviertel gepressten Welt.

Ich ging zu Fuß den Kai entlang, Möwenschwärme flogen um mich herum. Manche dieser Biester waren groß wie Schweine, widerliche Schweine: Sie fraßen die ganze Scheiße in sich hinein, die sie auf den Kais und den nahen Müllhalden fanden. Und das Ekelhafteste war, dass sie begonnen hatten, Fleisch zu fressen. Sie vertilgten Tauben und – noch schlimmer – sogar Ratten, bei denen eine Katze vor einem Angriff zurückgeschreckt wäre. Sie nicht, sie stürzten sich von oben herab auf die Ratten, hackten ihnen mit dem Schnabel den Kopf auf, bis er auf dem Zement zu Brei wurde, und zerfleischten sie dann. Und aus dem hellen oder faulig dunkelbraunen Fell floss Blut, das wie Teer aussah. Am Kai breitete sich ein Geruch nach giftigem Tod aus.

»Wir sind genau wie diese Möwen geworden«, dachte ich.

Der Grund dafür heißt: Inversion des Ökosystems. Wenn die Natur sich ändert, ändern sich die Regeln. Und man wird zum Raubtier.

Ich wechselte immer wieder die Richtung und ließ den Hafen hinter mir. Mit schnellen Sätzen lief ich zwischen den Autos auf der Via Roma durch und mischte mich unter die Menge in den funkelnden Läden der Bogengänge, stürzte mich dann bei der ersten Querstraße in die Gassen des Marina-Viertels. Durch den Haupteingang betrat ich einen Münzwaschsalon mit Anweisungen auf Arabisch und verließ ihn durch den Hinterausgang wieder. Oder ich schob mich in einen Telefonladen, der über seinen kleinen Innenhof mit dem Hof von vier Häusern im spanischen Stil verbunden war, jedes davon mit dem Haupteingang in einer anderen Straße. Ich tat, was man immer tut, wenn man Angst hat, dass jemand hinter einem her ist, und Verfolger abschütteln will. Grundregeln des Lebens auf der Straße.

An jenem Tag mussten wir klären, wie wir eine große Partie geschälter Tomaten unterbringen wollten, die aus China kamen, aber in Italien von einem Betrieb abgepackt worden waren, der sie offiziell unter der heißen Sonne der Campania anbaute. Bis vor wenigen Monaten hatten wir Tomatenstücke und geschälte Tomaten aus Spanien von ein paar Erzeugern bezogen, die inzwischen Probleme hatten, die Ware loszuwerden, nachdem sie im Auftrag einer Verbraucherorganisation analysiert worden war und man acht verschiedene Pestizide darin gefunden hatte. Jetzt kauften wir nur noch von den Chinesen. Die geschälten Tomaten kosteten weniger als die Hälfte und kamen schon verarbeitet und tiefgefroren an. Man musste sie nur noch ein wenig mit irgendwelchen chemischen Zusätzen aufbereiten, und schon konnten sie auf einem schönen Teller mit dampfender Pasta landen. Doch als ich die finsteren Mienen von Peppino Floris und Gaetano Sorrentino sah, wusste ich, dass es um ein anderes Thema gehen würde.

»Carlo Alberto Pedevillas bleibt hart an dir dran«, verkündete Sorrentino und machte ein besorgtes Gesicht.

»Was heißt das?«, fragte ich.

»Dass er dir den Krieg erklärt hat und Informationen über dich sammelt«, ließ er mich wissen. »Ich habe Besuch von Parteifreunden bekommen, die mir in seinem Auftrag Fragen gestellt haben.«

»Er will dich fertigmachen«, fügte Peppino hinzu. »Er ist davon überzeugt, dass du etwas mit dem Verschwinden seiner Freundin zu tun hast.«

Ich lächelte. »Das ist falsch.«

»Das ist deine Sache«, erwiderte Peppino. »Was uns interessiert, sind die Geschäfte.«

»Du musst dich raushalten, bis die Lage sich beruhigt hat«, sagte Gaetano.

Ich sah sie an. Ich hatte ihr Spiel durchschaut. »Ihr wollt, dass ich euch die Lieferantenkontakte gebe, stimmt's?«

»Es gibt keine andere Lösung«, antwortete Floris. »Sonst entdeckt Pedevillas alles, und wir sind angeschissen.«

Ich sprang auf. »Die Antwort ist Nein.«

Gereizt breitete Gaetano die Arme aus. »Warum denn? Wir geben dir weiter deinen Anteil.«

»Bis ihr die Sache in die Hand nehmt und mich mit einem Tritt in die Eier verabschiedet.«

»Das Risiko musst du eingehen«, sagte Peppino. »Vielleicht machst du dir nicht klar, in welche Scheiße du dich manövriert hast. Pedevillas hat nicht die Absicht lockerzulassen.«

»Haben wir nichts, das ihn umstimmen könnte?«, fragte ich.

»Das ist dein Krieg«, entfuhr es Sorrentino. »Wir halten uns da raus.«

Ich versuchte vernünftig mit ihnen zu reden. »Pedevillas kann nicht mehr wissen als die Polizei. Alle sind inzwischen davon überzeugt, dass seine Freundin sich umgebracht hat. Zum Schluss wird er sich damit abfinden.«

»Du irrst dich und unterschätzt die Situation immer noch«, warf Sorrentino ein. »Meine Parteifreunde sind deutlich gewesen: Carlo Alberto Pedevillas hat nicht die Absicht, dich damit davonkommen zu lassen.«

Ich schüttelte den Kopf. »Wenn er sich hätte rächen wollen, hätte er seinen beiden Gorillas befohlen, mich zusammenzuschlagen.«

»Er will dich vernichten, Gigi. Dich ins Krankenhaus zu bringen reicht ihm nicht«, sagte Peppino.

Es hatte keinen Sinn mehr zu diskutieren. »Wir schließen das Geschäft mit den geschälten Tomaten ab«, schlug ich in einem versöhnlichen, doch entschlossenen Ton vor. »Dann frieren wir die Firma ein, bis dieser verdammte Carlo Alberto Pedevillas mit seinem Generve aufgehört hat.«

Meine Partner wechselten einen Blick. »Einverstanden«, brummte Sorrentino enttäuscht.

Einige Tage später tauchten Sovrintendente Mario Uras und Vicesovrintendente Attilia Torrini erneut zur Mittagszeit, als ich mit Bianca am Tisch saß, im Restaurant auf. Sie setzten sich, ohne dass wir sie dazu aufgefordert hätten.

»Nun, Signor Vianello, mag sein, Ihre Erinnerung ist in den letzten Tagen zurückgekehrt?«, fing Uras an. Er trug wieder die Jägerweste mit den tausend kleinen Taschen vorne. Sie diente ihm dazu, seinen Bauch, der ihm schon über die gebleichten Jeans hing, und die Dienstwaffe in der Pistolentasche im Rücken zu verbergen.

Der Typ muss an allem sparen, dachte ich. Auch an Seife: Er hatte braune Haare, fettig, glatt und zu lang, mit einem Gel an den Kopf geklatscht, das sich schon zu kleinen Stückchen verfestigt hatte, die ihm wie Schuppen vom Kopf rieselten. Oder vielleicht waren es wirklich Schuppen.

Ich setzte ein erstauntes Gesicht auf. »Ich habe nicht mehr darüber nachgedacht. Ich habe angenommen, es wäre klar, dass Mariuccia Sinis sich umgebracht hat.«

»Mag sein, das ist eine von vielen Hypothesen«, sagte Uras.

»Kommt mir nicht so vor«, antwortete ich mit Entschiedenheit. »Schließlich ist man auch in den oberen Etagen der Staatsanwaltschaft dieser Ansicht.«

»Sie sind gut informiert«, kommentierte Uras ironisch und strich sich über sein Bulldoggengesicht.

»Jedenfalls sind die Ermittlungen noch nicht abgeschlossen.« Diese Schlampe von Attilia Torrini begann sich einzumischen. Ich schaute ihr gerade in die Augen, ließ dann den Blick immer weiter nach unten wandern, um sie in Verlegenheit zu bringen, beugte mich sogar auf dem Stuhl ein bisschen vor, dann nach rechts, um mir auch die Absätze ihrer hohen schwarzen Schuhe zu besehen. Ich setzte ein mildes, mitleidiges Lächeln auf.

Ein schönes Gesicht, da gab es nichts, gepflegte Augenbrauen, pechschwarzes Haar, frisch vom Friseur, aber kein Busen, ein üppiger Hintern und kurze Beine, höchstens dreiunddreißig Jahre alt. Ihre Augen sagten nichts. Wer weiß, warum sie zur Polizei gegangen war. Notwendigkeit oder Tapferkeit? Verzweiflung oder Hingabe?

Doch sie zuckte nicht mit der Wimper. »Und wir haben eine etwas andere Theorie entwickelt«, sagte sie.

Ich aß weiter.

»Sind Sie nicht neugierig, sie zu hören?« Sie war bestimmt keine, die ins Büro ging, um ihre Stechkarte zu stempeln.

»Nein«, antwortete ich knapp.

Die Polizistin wandte sich an Bianca. »Und Sie sind auch nicht neugierig?«

»Doch, sicher bin ich das«, beeilte sich meine Freundin zu antworten.

Ich protestierte: »Wenn Ihre Theorie mich betrifft, müssen Sie mich aufs Präsidium bestellen. Sie haben kein Recht, andere Personen in die Sache hineinzuziehen.«

Die beiden Bullen lächelten zufrieden. »Es steht Ihnen frei, sich bei unseren Vorgesetzten zu beschweren. Mag sein, sie schenken Ihnen Gehör …« Uras hatte Spaß daran, mich zu quälen.

»Da können Sie aber sicher sein«, erwiderte ich. »Noch heute werde ich mich mit einem Rechtsanwalt in Verbindung setzen.«

»Das scheint mir eine ausgezeichnete Idee«, fand die Polizistin.

»Es reicht jetzt«, platzte Bianca heraus. »Ich will hören, was Sie zu sagen haben.«

Attilia Torrini beugte sich zu ihr hinüber, als handelte es sich um eine Vertraulichkeit zwischen Frauen. »Gigi und Mariuccia waren ein Liebespaar …«

»Was erlauben Sie sich …«, unterbrach ich sie wütend.

Bianca war kreidebleich geworden, sie zeigte mit dem Finger auf mich. »Ruhig, Gigi, sei ruhig.«

»Ja, sei ruhig, Gigi«, sagte Uras. »Mag sein, du hörst besser zu.«

Die Versuchung, aufzustehen und sie zum Teufel zu jagen, war stark, doch ich musste wissen, was sie entdeckt hatten.

»Sie waren ein Liebespaar«, wiederholte die Polizistin. »Wir haben zwei Zeugen gefunden. Beide haben ausgesagt, gesehen zu haben, wie Mariuccia und Gigi in ein Apartmenthaus in Pirri gegangen sind. Wir haben nachgeforscht und entdeckt, dass Signor Vianello Eigentümer einer Wohnung in ebenjenem Haus ist.«

Ich schüttelte den Kopf. Okay, sie hatten mich erwischt. Es gab doch immer einen, der sich nicht um seinen verdammten eigenen Scheiß kümmerte.

»Davon wusste ich nichts«, rief Bianca und schüttelte ungläubig den Kopf.

»Ich glaube, dass Sie von vielen Dingen keine Kenntnis haben«, sagte Uras zweideutig.

»Er ist es gewesen, der sie geschwängert hat«, fuhr Attilia Torrini fort. »Carlo Alberto Pedevillas ist zeugungsunfähig, und er ist der einzige Mann, mit dem Mariuccia Sinis ins Bett gegangen ist.«

»Dreckskerl«, zischte Bianca, ohne mich anzusehen.

»Und nun möchte ich, dass Sie gut über Folgendes nachdenken«, schaltete sich Uras ein. »Wir haben die Telefongespräche analysiert, die mit den Handys von Mariuccia Sinis und Luigi Vianello geführt worden sind. Mariuccias Handy ist am Tag ihres Verschwindens mit einem Mal tot und kann nicht mehr lokalisiert werden. Und Gigis Handy bleibt bis zum Abend desselben Tages stumm. Seit er diese Nummer hat, ist das noch nie zuvor passiert. Das ist doch ein sehr merkwürdiger Zufall, finden Sie nicht?«

»Beunruhigend, würde ich sagen«, fügte die Polizistin hinzu.

Jetzt war der Moment gekommen zu reagieren. »Das ist alles Blödsinn, Bianca. Sie versuchen dich gegen mich aufzubringen. Diese Frau hat sich umgebracht, das wissen doch alle.«

Bianca antwortete nicht und würdigte mich nicht einmal eines Blickes.

»Vielleicht ist sie in den Selbstmord getrieben worden«, erklärte Uras. »Oder vielleicht wurde sie umgebracht.«

»Aber Sie denken doch nicht etwa, dass ich sie getötet habe?«

Die Polizisten starrten mich nur an.

»Das ist vollkommen abwegig«, sagte ich in einem Ton, der mir sehr überzeugend vorkam.

Attilia Torrini wechselte das Thema. »Was wissen Sie über Gigis Vergangenheit?«, fragte sie Bianca.

»Entschuldigung, in welchem Sinn?«

»Zum Beispiel, dass er eine Beziehung mit einer gewissen Sabrina Sambin, einer Drogendealerin, hatte. Oder dass er für den Vater dieser Frau gearbeitet hat, der wegen einer ganzen Reihe von Straftaten ebenfalls im Gefängnis gelandet ist.«

Bianca blieb vor Überraschung der Mund offen stehen.

»Aus der ganzen Sache bin ich unbelastet hervorgegangen«, erklärte ich mit Entschiedenheit, doch ich hatte irgendwie das Gefühl, es klang, als würde ich jammern.

»Du hast nur vergessen, es mir zu erzählen«, knurrte Bianca wütend.

Die Polizisten, sehr zufrieden, meine Beziehung mit Bianca endgültig zerstört zu haben, standen auf und gingen, ohne sich zu verabschieden.

»Mag sein, wir sehen uns wieder, Signor Vianello ...«

Das war das Einzige, was Sovrintendente Uras sagte, als er hinausging, ohne sich umzudrehen.

Marino, der Oberkellner, kam. »Kann ich abräumen?«, fragte er und zeigte auf die Teller.

»Verschwinde!«, fuhr ich ihn an. Dann wandte ich mich Bianca zu. »Sie wollen, dass wir die Nerven verlieren. Glaub mir, ich habe nichts mit dem Verschwinden dieser Frau zu tun.«

Sie hob langsam den Kopf und sah mich an. »Jetzt nennst du sie ›diese Frau‹. Und im Bett, wie hast du sie da genannt?«

»Ich bin nie mit ihr im Bett gewesen«, versuchte ich mich zu verteidigen.

»Mit mir wolltest du kein Kind haben«, sagte sie, kalt

wie Eis. »Und dann schwängerst du die Frau eines anderen.«

»Das ist nicht wahr.«

»Doch, genauso ist es gelaufen, Gigi.«

»Du sitzt einem Haufen Lügen auf, die unser Leben ruinieren können.«

»Hör auf, Blödsinn zu reden. Ich hoffe, du hast sie wirklich umgebracht.«

»Was sagst du denn da?«

»Ich hoffe, dass diese Schlampe nicht eines Tages mit ihrem Bastard auf dem Arm auftaucht und ich als die verarschte betrogene Frau dastehe. Das würde ich nicht ertragen.«

»Bist du verrückt? Hör auf, so zu reden.«

Bianca sah mich mit traurigen Augen an. »Ich werde dir ein Alibi liefern. Uns wird einfallen, dass wir an dem fraglichen Tag zusammen gewesen sind. Wir denken uns eine glaubwürdige kleine Geschichte aus.«

Ich war sprachlos. Das hatte ich von Bianca nicht erwartet. Doch die Überraschung dauerte nur einen Augenblick. Mit dem Zeigefinger ihrer rechten Hand zeichnete sie mehrmals einen Kreis in die Luft. »Aber du überschreibst mir alles. Von morgen an gehört das Restaurant wieder den Soros. Und auch die Wohnung, die du netterweise sofort verlässt. Du kannst ja in das Apartment in Pirri ziehen, wo du Mariuccia gefickt hast.«

»Nutte.«

»Scheißkerl.«

»Ich gebe dir überhaupt nichts. Und aus der Wohnung gehe ich nicht, und du gehst auch nicht, bis ich es dir sage, sonst entlasse ich dich.«

»Auf die Art landest du im Gefängnis.«
»Das werden wir sehen.«
Wenn dies ein Film gewesen wäre. Wenn dies die Szene eines Films gewesen wäre, hätte jetzt die Filmmusik eingesetzt, um die Episode abzuschließen. Ein schöner, passender Text. Vielleicht von Bowie.

You've got a very heavy reputation
But no one knows about your low-life
I know a way
to find a situation
And hold a candle
to your high life disguise

Aber es war kein Film, und es gab keine Musik.

Getrennt zu sein und in einer Wohnung zu leben war nicht leicht. Doch nichts war im Moment leicht, ich fühlte mich belagert, und meine Festung war nicht mehr so robust wie früher. Alle wollten mich fertigmachen, auch meine Ex, die vorhatte, mir ein Kapital von über zwei Millionen Euro abzunehmen. Wenn ich gekonnt hätte, hätte ich Sardinien verlassen und mir einen neuen Ort gesucht, um dort meine perfekte Welt wieder aufzubauen, doch all meine mit Mühe zusammengetragenen Ersparnisse hatte ich investiert, und ich konnte doch nicht ohne Geld weggehen. Ich hatte mich dumm verhalten, und jetzt musste ich dafür bezahlen und an zwei Fronten kämpfen. Zum einen gegen die Polizei, die versuchte, genügend Beweise gegen mich zusammenzutragen, um mich beschuldigen zu können, und zum anderen gegen

Carlo Alberto Pedevillas, der mich ganz einfach ohne allzu großes Aufsehen vernichten wollte. Beide Gegner waren gefährlich, doch im Moment musste ich vielleicht mehr diese verbissenen Bullen fürchten. Ich musste ihnen unbedingt einen Knochen hinwerfen, einen schönen, leckeren Knochen, der sie von mir ablenkte.

In meinem Gymnasium, dem Gymnasium Pigafetta, war ich im Lateinunterricht immer ohne Begeisterung dabei gewesen, doch es gab einen Satz, der mich aus der Trägheit eines Vormittags mit grauem Himmel und dichtem Nieselregen weckte: *mors tua, vita mea*. Dein Tod ist mein Leben.

Bianca hatte sich selbst als ideale Kandidatin empfohlen. So, wie sie in die Sache verwickelt war, konnte man ihr viel Schlechtes anhängen. Und was Unterstellungen anging, war ich schon immer Spitzenklasse. Man musste nur die richtigen Leute mit ein paar Gerüchten versorgen. Zum Beispiel dem, dass meine Exfreundin eine notorisch eifersüchtige Frau sei. Die Entdeckung, dass ich ein Verhältnis hatte, konnte auch bei einer Frau, die nach außen hin ausgeglichen wirkte, das Schlimmste ausgelöst haben. Und irgendetwas hatte es doch zwischen Mariuccia und Bianca gegeben. Hatte Mariuccia etwa nicht den Wunsch geäußert, mit Bianca zu sprechen? Die Journalistin Rita Quattrini würde sich, was diesen Punkt anging, als glaubwürdige und genaue Zeugin erweisen, denn sie war die Überbringerin dieser Nachricht gewesen. Gewiss, Mariuccia hatte Bianca nie auf dem Handy angerufen, doch sie konnte sie auf andere Weise kontaktiert und getroffen haben. Und nun ist man schon fast so weit, schlecht über sie zu denken. Als Bianca die Wahrheit entdeckt hatte, wurde sie von übelsten Rachegelüsten gepackt, die sie dazu brachten, ihre Rivalin – die das bekommen hatte, was ihr von mir immer verweigert worden war, nämlich ein Kind – in den Selbstmord zu treiben oder zu töten.

So weit die Theorie. Im Bereich der Praxis, der Überprüfbarkeit, würde man etwas Überzeugenderes als einfach nur eine Hypothese brauchen, damit Bianca ins Visier der Ermittler geriet, doch dieses Etwas hatte ich: Mariuccias Handy. Jetzt musste ich mir überlegen, wie ich es anstellen sollte, dass es gefunden wurde, und zwar »zur Verfügbarkeit« meiner Exfreundin, wie die Bullen gern in ihren Berichten schreiben. Ich hatte das Handy nicht verschwinden lassen, weil es mir, genauso wie das Auto, noch einmal nützlich sein konnte. Meine liebe süße Bianca würde lernen müssen, dass man nicht die Hand beißt, die einen nährt. Niemals.

Unter tausend Vorsichtsmaßnahmen und mit einem gewissen Horror holte ich das Handy aus seinem Versteck. In der Plastiktüte war es perfekt erhalten geblieben. Ich lud es auf, versah es wieder mit der Karte und versteckte es zwischen Biancas Kleidern in ihrem Schrank in dem Haus, das die Familie Soro in Santa Margherita di Pula am Meer hatte. Offiziell besaß ich keinen Schlüssel dazu, doch ich hatte mir schon vor einer ganzen Weile eine Kopie machen lassen, von der niemand etwas wusste, weil ich mit einer Frau, die mir schöne Augen machte, dort hingehen wollte. Aus dem Abenteuer war nichts geworden, weil ich entdeckt hatte, dass die Frau ihren Mund nicht halten konnte und es die ganze Stadt erfahren hätte, wenn ich mit ihr ins Bett gegangen wäre. Doch den Hausschlüssel hatte ich behalten. Und jetzt erwies er sich als nützlich. Der nächste Schritt war, es so einzurichten, dass die Polizei das Handy fand, und an diesem Punkt kam der Journalist Rudy Saporito, der Untote, ins Spiel.

Die Möwen waren an jenem Morgen besonders lästig. Sie fielen über das Gerippe eines am letzten Abschnitt des Poetto gestrandeten Delfins her. Der lange Sandstreifen, der die ganze Bucht säumt, beschreibt dort eine Kurve, verläuft nicht mehr parallel zur Küstenstraße und endet zwischen den Ausläufern eines Pinienhains und einigen zum Strand hin abfallenden Villengärten. Ein sicherer Ort. Auch im Sommer sind am frühen Morgen noch nicht einmal die Bademeister der letzten Strandbar da. Aber es ist schon warm.

Der Gestank des verwesenden Delfins war furchtbar. Das Festmahl für ein paar Dutzend rasender Bestien roch nach Scheiße und Kotze.

Rudy war schon da und versuchte einen flachen Stein über die Wasseroberfläche springen zu lassen. Einmal, zweimal, dreimal hüpfte der Stein auf.

Ich stellte mich neben ihn, nahm auch einen Stein und warf ihn mit mehr Kraft und mehr Wut. Beim vierten Aufspringen erzählte ich ihm von meinem Verdacht gegenüber Bianca.

Er hörte still zu und glaubte kein einziges Wort von dem, was ich da sagte. Dann nahm er einen größeren Stein, zielte und zertrümmerte mit einem präzisen Wurf den Kopf einer Möwe. Ein deutliches Geräusch zersplitternder Knochen. Wie wenn ein Zweig bricht. Aufgeschreckt flogen die Möwen hoch, drehten zwei oder drei

Runden in der klaren Luft. Es schien, dass sie aufheulten. Dann gingen sie im Gleitflug erneut auf den Delfin nieder, doch vorher begannen sie sich um ihren sterbenden Artgenossen zu streiten und ihn zu zerfleischen. Sie zerfetzten ihn in wenigen Minuten.

»Gehen wir woanders hin, diese Vögel widern mich an. Sie sind schlimmer als wir.«

Rudy war leicht gebräunt, und die Narbe auf seiner Stirn, weiß und rosig, sah man dadurch noch mehr. Er strich mit dem Daumen darüber.

»Wen haben sie auf dich angesetzt?«

»Uras und Torrini.«

Rudy ließ sich zu einem unterdrückten Lachen hinreißen.

»Ah, Mag-sein und die Karrierelesbe.«

Ich sah ihn verwundert an, ich verstand nicht. »Mag-was?«

»Mag-sein, so nennen sie Uras in der Redaktion: Mag-sein. Der Idiot schafft es wirklich nicht, mal drei Sätze ohne ›Mag sein‹ zu sagen.«

Eine Sekunde lang musste ich lächeln. Nur eine Sekunde lang. Dann kehrten Nachdenklichkeit und Besorgnis zurück.

»Also, was würde dir nutzen?«, fragte Rudy, als wir am Strand entlanggingen.

»Eine gründliche Untersuchung«, antwortete ich.

»Wie gründlich?«

»Gründlich genug, um jeden Zweifel auszuräumen.«

Mit einem traurigen Lächeln gab Rudy mir zu verstehen, dass er begriffen hatte, um was es ging.

»Gut, Gigi, wird gemacht.«

»Als Gegenleistung kann ich dir …«

»Still, Gigi, es ist okay so, du wirst alle Zeit der Welt haben, dich zu revanchieren, und bei welcher Gelegenheit, das sage ich dir dann schon. Im Augenblick ist es in Ordnung so.«

Ich sah ihn erstaunt an.

»Und jetzt fass meinen Rücken an, es wird dir Glück bringen, los, Gigi …«

Ich zögerte.

»Fass meinen Rücken an, du darfst das. Los, fass ihn an.«

Ich erinnerte mich daran, was seine Kollegen bei der Zeitung über ihn sagten. Die Stockschläge, das Koma, die Auferstehung. Und diese sonderbare Aura, die ihn umgab. Ich berührte seine Schulter.

»Gut«, sagte er, »du wirst eine ganze Menge Glück brauchen, um aus dieser Geschichte herauszukommen. Das gleiche Glück, das mir geholfen hat, nicht in einem Krankenhausbett zu krepieren.«

»Ich weiß, dass sie dich gehörig verprügelt haben …«

»Nicht genug, um mich loszuwerden …«

»Warum?«

»Warum was?«

»Warum haben sie dich verprügelt?«

»Was haben die Zeitungen geschrieben, Gigi, na?«

»Mir haben sie gesagt, du hättest eine Reportage über eine gefährliche Bande Krimineller, Schläger und Dealer geschrieben. Und die haben es dir schwer heimgezahlt …«

»Und du glaubst, dass diese Leute Zeitung lesen. Glaubst du das wirklich?«

Rudy hockte sich in den Sand, nahm einen weißen Stein und steckte ihn sich in die Tasche.

»Weibergeschichten, Gigi, es sind immer Weibergeschichten, die uns in die Scheiße reiten.«

Er war ein perfekter Schauspieler. Und es machte ihm Spaß zu spielen.

6

Vier Tage später klingelte die Polizei um sechs Uhr morgens an der Haustür. Bianca war schon wie immer zum Fischmarkt gegangen. Uras hielt mir den Durchsuchungsbefehl unter die Nase, während seine Kollegen leise in die Zimmer schlüpften. »Sie sehen, Signor Vianello, wir sind zurückgekommen«, sagte er.

Ich las das Papier aufmerksam durch und tat so, als wäre ich überrascht. Rudy hatte der Polizei die richtigen Informationen zugespielt. »Das Restaurant, das Haus von Biancas Eltern und sogar die Villa am Meer«, rief ich aus. »Halten Sie uns für Mafiosi?«

Uras ignorierte die Bemerkung. »Wenn Sie wollen, können Sie einen Rechtsanwalt anrufen.«

»Den brauche ich nicht«, erklärte ich mit der Würde des Unschuldigen.

Seine mit Latexhandschuhen ausgerüstete Kollegin tauchte aus meinem neuen Schlafzimmer auf. »Ich sehe, dass Sie inzwischen getrennt schlafen.« Giftspritze.

»Dank Ihrer Lügen«, erwiderte ich barsch.

Dann rächte ich mich mit einer spitzen Bemerkung, auch um ihr zu verstehen zu geben, dass mich ihr Eindringen kein bisschen beunruhigte: »Sie sehen heute Morgen nicht gut aus, Vicesovrintendente Torrini.«

»Das macht sicher Ihre Nähe«, antwortete sie gereizt. Doch irgendwie musste sie auch etwas zu ihrer Rechtfertigung sagen. »Seit ein paar Tagen ist mir so komisch übel, ich fühle mich erschöpft, habe Kopfweh, Bauchschmerzen …«

»Vergiftung …«, sagte ich mit einem boshaften Lächeln.

»Nein, nein, einer meiner Kollegen hat mir erzählt, dass ein anderer Polizist in seiner Schicht die gleichen Symptome hat und beim Arzt gewesen ist. Der hat ihm gesagt, dass es der halben Stadt so geht. Er meint, es ist ein Virus. Das ist dieses Jahr die Grippe …«

»Ja, ja, aber wenn ich Sie wäre, würde ich beim Essen in der Polizeikantine vorsichtig sein«, sagte ich und ließ sie die Wohnung auseinandernehmen.

Dann rief ich hochzufrieden Bianca an. »Was gibt's?«, fragte sie unfreundlich.

»Unsere Wohnung wird durchsucht«, teilte ich ihr unter den Augen der beiden Bullen mit.

»Vielleicht werfen sie dich endlich ins Gefängnis.«

»Sie durchsuchen auch das Haus deiner Eltern und sogar die Villa in Santa Margherita.«

»Scheißkerl«, zischte sie, bevor sie auflegte.

»Ich glaube, Bianca fährt zum Haus ihrer Eltern«, ließ ich die Polizisten wissen.

Uras zuckte die Schultern und begann in den Schubladen der Anrichte im Wohnzimmer zu wühlen. Gut, alles verlief nach Plan, ich musste nur die natürliche Entwicklung der Dinge abwarten.

Um Punkt acht Uhr gingen die Polizisten. Mit leeren Händen.

Um acht Uhr dreißig kam Amelia, unsere philippinische Haushaltshilfe. Als sie sah, wie die Wohnung zugerichtet war, fing sie an zu weinen. »Rufen Sie jemanden, der Ihnen hilft«, sagte ich und klopfte ihr ermutigend auf die Schulter.

Bianca ließ sich nicht im Restaurant blicken, und ich musste irgendwie zurechtkommen. Das war nicht schwierig, inzwischen konnte ich das *Chez Momò* auch ohne sie führen.

Ein paar Minuten nach neunzehn Uhr ging die Tür auf, und Rudy Saporito kam herein.

»Es ist noch zu früh zum Essen«, sagte ich und grinste zufrieden.

»Ich bin gekommen, um einen Aperitif zu trinken.«

Ich zeigte auf meinen Tisch und nahm eine Flasche Prosecco aus dem Kühlregal. »Neuigkeiten?«, fragte ich und schenkte ein.

»Eine Menge Neuigkeiten. In der Villa am Meer der Familie Soro hat man ein Handy gefunden.«

»Kommt mir nicht so vor, als wäre das eine große Neuigkeit.«

»Es scheint, es gehörte Mariuccia Sinis«, sagte er, aber er stieß nicht mit mir an, als ich mein Glas hob.

Ich sah ihn an. »Es scheint?«

»Das ist das Gerücht, das sich am späten Vormittag im Präsidium verbreitet hat. Dann hat es sich als falsch herausgestellt.«

»Und wieso?«, fragte ich entgeistert.

»Weil in dem Handy keine Karte war«, erklärte er. »Oder besser, am Anfang schien sie da zu sein. Vielleicht ist sie verloren gegangen, du weißt, wie das ist …«

Ich spürte einen Stich im Magen. Es fuhr mir in die Eingeweide. Mein Kopf begann zu brummen wie an dem Tag, als Ilario Sambin mich verprügelte. Augenblicklich war mein Mund trocken. Ich hatte plötzlich ein starkes Kribbeln in den Händen, und mein rechtes Bein begann zu zittern. Ich hatte keine Kontrolle mehr über meinen Körper, und vielleicht, dachte ich mit einem Mal, auch nicht mehr über mein Schicksal. Ich war im Arsch. Mein Plan war gescheitert.

»Wie ist das denn möglich? Wer hat die Karte verschwinden lassen?« Das Erschrecken über meine Niederlage ließ sich an meinem verzerrten Gesicht ablesen: Ich spürte, wie sich die Haut kräuselte, wie die Wangen kribbelten und die Augen glühten, als wollten sie aus ihren Höhlen treten und wie Sektkorken hochgehen.

»Hör zu, Gigi, ich habe getan, was ich konnte, und das war nicht wenig. Aber weiter, glaub mir, kann man nicht gehen. Da sind andere Interessen, andere Kräfte im Spiel. Du hast noch nicht verstanden, wie die Dinge in dieser Stadt funktionieren«, antwortete er in einem sachlichen Ton. »Der Polizeipräsident hat einen Moment lang gestrahlt. Alles gab Anlass zu den schönsten Hoffnungen. Für ihn wäre eine solche Geschichte eine Menge wert gewesen, sie hätte die ganzen Blamagen vergessen lassen, mit denen er in letzter Zeit geglänzt hat. Dann hat er seine Haltung geändert. Der Oberstaatsanwalt hat einen irrsinnigen Wutanfall wegen dieser Geschichte mit den Hausdurchsuchungen bekommen. Es gab Pressionen jeder Art. Auch aus Rom, verstehst du, was ich sagen will?«

»Nein«, antwortete ich ehrlich.

Er schnaubte. »Mariuccia Sinis hat sich umgebracht. Das

ist alles. Kein Richter und kein Polizist wird mehr Nachforschungen über ihr Verschwinden anstellen. Uras und Torrini werden dir nicht mehr auf die Nerven gehen.«

»Wenigstens eine gute Nachricht.«

»Die schlechte ist, dass du das persönliche Eigentum von Carlo Alberto Pedevillas bist. Er und nur er allein wird dir den Arsch aufreißen.«

»Das will ich aber mal sehen.«

Saporito stieß heiße Luft durch die Nase aus, und ich nahm einen seltsamen Schwefelgeruch wahr, vielleicht sein Aftershave, vielleicht nicht. »Du bist sympathisch, aber dumm, Gigi. Du solltest deine Koffer packen und irgendwohin abhauen, wo Pedevillas und seine Freunde dich nicht zu fassen kriegen.«

Er leerte das Glas mit einem Schluck und stand auf. »Vergiss mich nicht, Gigi Vianello. Du schuldest mir noch etwas. Wenn du mir irgendwann etwas erzählen kannst, worüber sich wirklich zu schreiben lohnt, das wirklich das Risiko lohnt, dafür mit Eisenstangen eins übergebraten zu kriegen, melde dich. Ansonsten melde ich mich, wenn ich einen wie dich brauche. Und sei vorsichtig, stell dich nicht blöd an. Es täte mir leid, wenn ich dir eine Schlagzeile in meiner Zeitung widmen müsste. Auch wenn ich Spaß daran hätte, deine Augen als Aufhänger zu nehmen und einen schönen Artikel über dich zu schreiben. Ich sehe ihn schon vor mir: ›Der Mann mit dem doppelten Blick, sogar sein rechtes Auge verriet sein linkes.‹ Ja, ich glaube, etwas in der Art würde ich schreiben.«

Ich war nicht beleidigt, dass er mich dumm genannt und gesagt hatte, ich solle mich nicht blöd anstellen. Vielleicht war ich im Grunde dumm. Ich hatte es gewagt, die Frau eines mächtigen Mannes anzutasten, eines Mannes, der mächtige Freunde hatte und dazu bestimmt war, eine politische Karriere zu machen, die Ausdruck gewisser Interessen war. Wenn mir das klar gewesen wäre, hätte ich mich wohl davor gehütet, doch wie hatte Rudy Saporito, der Journalist, gesagt: Ich hatte nicht verstanden, wie die Dinge hier funktionierten. Das Verschwinden der Karte aus Mariuccias Handy und die Einstellung der Ermittlungen waren der Beweis für meine Niederlage und für Intrigen auf sehr viel höherer Ebene. Gegen diese Kreise würde ich niemals gewinnen. Ich musste noch so lange durchhalten, bis ich meinen Besitz verkauft oder, besser: verramscht hatte, um dann ins nächste Flugzeug Richtung »Kontinent« zu steigen, wie die Sarden das übrige Italien nennen.

Kurz darauf kam Bianca, und das war die größte Überraschung des Tages. Ich dachte, sie würde sich auf mich stürzen und mir die Augen auskratzen, doch sie grüßte mich mit einem müden Lächeln und vermied es, mich anzusehen.

Ich beobachtete sie den Rest des Abends. Bianca war seltsam, sie verhielt sich professionell, doch man sah, dass sie mit ihren Gedanken woanders war. Die Durchsuchungen mussten sie schockiert haben. Aber ich verstand nicht, warum sie mir gegenüber so nachsichtig war. Als wir zu Hause waren, unternahm ich eine Anstrengung, sie zu verstehen. »Ich habe versucht, dich reinzulegen, und es ist mir missglückt«, provozierte ich sie.

»Ich weiß.«

»Und du hast nichts dazu zu sagen?«

»Nein. Ich habe dich geliebt, Gigi. Ich dachte, du wärst der Mann, mit dem ich die Zukunft teilen könnte. Jetzt muss ich mir ein neues Leben aufbauen. In jedem Sinn.«

»Das ist alles?

»Scheint dir das wenig?«

Ich zuckte die Schultern. »Es fällt mir schwer, dich wiederzuerkennen.«

»Du hast keine Ahnung, wie weh du mir getan hast, Gigi. Und jetzt entschuldige mich, ich bin müde und gehe sofort schlafen.«

Ich war verwirrt. »Und morgen gehst du wieder ins Restaurant, als wäre nichts geschehen?«

»Das *Chez Momò* gehört mir«, sagte sie und schloss ihre Schlafzimmertür ab.

Ich war wirklich durcheinander. Und ich war nicht mehr müde. Ich rief Peppino Floris an und verabredete mich mit ihm für den nächsten Morgen in seinem Büro. Dann verließ ich die Wohnung und ging in einen Nachtclub. Ich kaufte die Zeit und das Lächeln einer hübschen Moldawierin, doch ich dachte die ganze Zeit an Bianca. Irgendetwas entging mir.

»Nein«, sagte Peppino Floris klar.

Ich war verblüfft. Ich hatte ihn gerade gebeten, nein: angewiesen, alles schnell zu verkaufen.

»Bist du mit deinem Anteil nicht zufrieden?«

Er schüttelte den Kopf und fingerte an der Manschette seines Hemds herum. »Anweisungen. Ich habe Anweisungen bekommen.«

»Carlo Alberto Pedevillas?«

»Genau der«, bestätigte er und senkte den Blick. »Du kannst rein gar nichts verkaufen.«

»Wir haben uns den Kopf zerbrochen, um uns tausend Tricks auszudenken, wie wir die Investitionen tarnen. Wenn ich verkaufe, wird Pedevillas das nie erfahren.«

Peppino sagte nichts, und ich verstand. »Du verdammter Scheißkerl hast ihm das komplette Verzeichnis meines Vermögens gegeben.«

»Ich konnte nicht anders, Gigi. Gaetano ist es gewesen. Er hat dich verraten.«

»Gaetano?«

»Ja. Als ihm klar wurde, dass Pedevillas zu nahe an unsere Geschäfte rankommt, ist er zu ihm gegangen und hat sich mit ihm geeinigt.«

»Und jetzt weiß der Juwelier alles.«

»Allerdings. Und Gaetano arbeitet nun für ihn. Er organisiert seinen Wahlkampf.«

»Und was hat er dir sonst noch für Anweisungen gegeben?«, fragte ich verächtlich.

»Die Übertragung des Eigentums zu organisieren«, antwortete er. »Pedevillas nimmt sich alles.«

Ich war vernichtet. So viel Mühe für nichts. Der einzige Trost war, dass ich seine Freundin umgebracht hatte und niemand mich je verfolgen würde. »Ruhe in Frieden, Mariuccia Sinis, ruhe in Frieden, aufgefressen von den Würmern im Wald. Du und dieser Bastard von meinem Sohn, den du im Bauch hattest«, dachte ich mit unerhörter Wut. Mit unmenschlicher Wut.

»Mir bleiben das Restaurant und die Wohnung«, überlegte ich laut. »Beides ist auf mich eingetragen, da kann er nicht ran.«

»Niemand wird irgendwas von dir kaufen, so lauten die Anweisungen«, sagte Floris. »Außerdem haben sie auch mit dem *Chez Momò* Pläne. Hat mir Gaetano gesagt.«

Ich sackte auf der Couch in seinem Büro zusammen. »Ich bin ruiniert«, murmelte ich.

»Hau ab, solange du noch kannst.«

»Das raten mir alle, und im Grunde scheine ich keine andere Wahl zu haben«, sagte ich mit erstickter Stimme und wandte mich zur Tür.

»Wann willst du abreisen?«

Ich wandte mich ruckartig um. »Verzeih mein Misstrauen, Peppino, aber ich habe nicht die Absicht, dir das zu sagen.«

Ich kam kurz vor Mittag ins Restaurant. Bianca war in der Küche und sprach mit den Köchen. Als ich eintrat, bemerkte ich, dass das Öl erneut durch ein anderes von wirklich minderer Qualität ersetzt worden war, ein Öl aus nordafrikanischen Oliven, die keinerlei Hygiene- oder Qualitätskontrolle unterlagen. Ich sagte nichts dazu, an diesem Tag war das Mittagessen wirklich mein kleinstes Problem.

»Ich muss mit dir sprechen«, sagte ich zu Bianca.

Ich erwartete sie an unserem Tisch. Als sie sich mir gegenüber hinsetzte, fiel mir auf, dass sie sorgfältig geschminkt war und frisch vom Friseur kam. Und auch aus einer Boutique: Sie trug eine Bluse, die ich noch nie gesehen hatte.

»Was sind wir elegant.«

Sie sah mich mit erloschenen Augen an. »Ich muss mich schön machen …«

»Und wofür?«

»Allenfalls: Für wen?«

Sie wollte mich zur Weißglut bringen, und sie war auf dem besten Weg dazu.

»Und für wen?«

»Du hast ihm die Frau genommen, und er nimmt sich jetzt die Frau, die mit dir ins Bett gegangen ist«, antwortete sie mit leiser Stimme.

»Scheiße, nein! Carlo Alberto Pedevillas!« Ich wäre lieber nicht so explodiert. Ruhig und gelassen bleiben. Ihr keine Genugtuung gönnen. Doch es gelang mir nicht. Ein weiterer schwerer Schlag, auf den ich nicht vorbereitet war. Ich war davon überzeugt gewesen, auf Arschloch studiert zu haben. Aber die hier, in dieser Drecksstadt, die hatten den Arschloch-Master gemacht.

»Er wird ein bisschen mit mir vögeln, gerade mal lang genug, um sich auch diese Befriedigung zu verschaffen.«

Ich war wie vom Donner gerührt. Ich wollte ihr schon sagen, dass er sie auf keinen Fall dazu zwingen könne, aber mit einem Mal verstand ich. »Und das Restaurant gehört dann dir, oder?«

»Ja.«

»Das nenne ich ein Geschäft.«

»Ja«, entgegnete sie mit herausfordernder Miene.

»Weißt du, ich verstehe ja nicht, wie die Übertragung des Eigentums passieren soll, schließlich ist es auf mich eingetragen.«

»Das weiß ich nicht. Aber Carlo Alberto hat gesagt, ich soll mir keine Sorgen machen.«

»Ohne mich wird das Restaurant hier scheiße.«

»Du bist scheiße«, erwiderte sie und stand auf.

Ich packte eine Tasche und wartete in der Stille der leeren Wohnung, dass es Nacht wurde. Regungslos saß ich in einem Sessel im Dunkeln. Ich wollte nichts aus dieser Wohnung wiedersehen. Keine Nostalgie, kein Bedauern. Am liebsten hätte ich alles abgefackelt, mit Bianca darin. Doch das konnte ich mir nicht erlauben. Ich würde es so machen wie in Venetien, alles hinter mir lassen, heimlich, still und leise abhauen. Und ohne großartig darunter zu leiden. Etwas Neues aufzubauen würde sowieso spannender sein, dachte ich. Doch ich hatte keinen genauen Plan im Kopf. Noch nicht.

Im Schutz der Dunkelheit würde ich den kleinen Koffer holen, den ich für Notsituationen vorbereitet hatte. Er enthielt einen Pass, einen gefälschten Reservepass, zweihunderttausend Euro, ein paar Dollar, englische Pfund und Schweizer Franken. Dann würde ich mich nach Porto Torres aufmachen, um dort auf die Fähre nach Genua zu gehen. Ich war zu fertig und niedergeschlagen, um an die Zukunft zu denken, in Wirklichkeit hatte ich nicht einmal eine Idee, wohin ich mich wenden sollte, wenn ich auf dem Festland angekommen war.

Als ich ging, brach ich den Schlüssel im Schloss ab. Eine kleine Bosheit, um Bianca zu ärgern und meine Frustration abzureagieren. Ich stieg ins Auto und durchquerte die Stadt.

Ich nahm Abkürzungen durch die Straßen von Castello, der alten mittelalterlichen Hauptstadt, fuhr die engen Pflasterstraßen hinunter, die bei der Bastion von Saint-Rémy mündeten. Ein weißes Bollwerk, das keiner Invasion hatte Widerstand leisten können.

Mein Auto schob sich durch die Menge, die wie an

jedem Sommerabend gut gelaunt in die Bastion, in benachbarte Straßen und auf kleine Plätze strömte. Und ich erinnerte mich erst jetzt daran, dass dies hier abends eine verkehrsberuhigte Zone war. »Verdammte Scheiße, auch das noch«, dachte ich und wurde noch wütender. Die Tische im Freien vor den Cafés, die Sessel der Loungebars waren gedrängt voll, und die Leute überfluteten die Straßen. Ich drückte auf die Hupe, um mir zwischen diesen Idioten, die fröhlich von einem Lokal zum anderen zogen, einen Weg zu bahnen: Mädchen mit bloßen Schultern, die ihre Hintern in die Luft streckten, Jungs in hautengen Hemden und mit Silberketten um den Hals. Gebräunte Rücken und Beine, eingeölte Busen, modische Kleidchen, topaktuelle Schuhe, Parfums und Deodorants. Geschwätz und spitze Schreie. Ein einzigartiges Magma, das sich über das Viertel ergoss. Früher war dies mein Paradies gewesen, jetzt, wo man mich daraus vertrieben hatte, hasste ich es mit aller Kraft.

»Ihr blöden Arschlöcher«, dachte ich voller Neid. Und erst in letzter Minute entdeckte ich am Ende der Straße eine Straßensperre der Polizei. Ich überlegte schnell, dass ein Bußgeld und eine Verwarnung wegen Durchfahren einer verkehrsberuhigten Zone im Moment nicht gerade das waren, was ich brauchen konnte. Ich riss das Steuer herum, bevor sie mich sahen, und bog in eine der schmalen Querstraßen ab. Eine unendlich lange, enge Gasse, in die am Tag wohl kaum ein Sonnenstrahl drang. Jetzt erleuchteten Messinglaternen mit flackernden Glühbirnen recht und schlecht diese kleine Hinterstraße, auf die jene Türen hinausführten, durch die einst die Dienerschaft der Adelspaläste ein und aus ging. Bauunternehmen renovierten die Zone, damit die alten Herren auf den Felsen, der die Stadt beherrscht, zurückkehrten und die neuen Herren allen Komfort geboten bekamen. Viele der Häuser waren abgerissen worden. Andere, die man mit Gerüsten umgeben hatte, machten meinen Fluchtweg noch enger. Der rechte Außenspiegel des Cayenne kratzte sofort an der Mauer entlang und machte ein unerträgliches Geräusch, wie Fingernägel auf einer Tafel. Ich steuerte nur ganz leicht nach links, und um ein Haar wäre ich seitlich an den Stangen eines Gerüsts entlanggeschrammt. Ich ging vom Gas und fuhr langsam weiter. Mich überkam ein klaustrophobisches Gefühl, doch ich versuchte, ruhig zu bleiben, denn ich wusste, dass diese engen Gassen auf kleine Plätze mündeten, von denen breitere Straßen abgingen.

Es wurde heller, das war das Zeichen, dass ich diesen Tunnel bald hinter mir haben würde. Einer der kleinen Plätze des Viertels war nahe. Ich hatte es geschafft, fuhr ganz langsam weiter und wollte erst, wenn mein Wagen den Platz erreicht hätte, Gas geben.

Es hätte nicht viel gefehlt, und ich hätte einen Typ über den Haufen gefahren, der plötzlich vor mir auftauchte. Praktisch auf der Motorhaube.

»Was soll der Scheiß, du Idiot?«, fuhr er mich an, mit leiser Stimme, aber in einem resoluten Ton. »Was soll der Scheiß? Der Platz ist gesperrt, du Idiot. Hast du das Schild nicht gesehen?«, fügte er lauter hinzu.

Ich schüttelte den Kopf.

»Du Arschloch wärst fast mitten in die Aufführung reingefahren.«

»Was für eine Aufführung?«, fragte ich konsterniert.

Der Typ wies mit dem Zeigefinger auf den Platz und gab mir dann mit einer schnellen Handbewegung ein Zeichen, langsam näher zu kommen. Auf der rechten Seite, wo mir bei meiner Ankunft die Mauer die Sicht versperrt hatte, standen einige Reihen Plastikstühle. Die Zuschauer hatten sich von ihren Plätzen erhoben und schrien: »Zugabe, Zugabe.« Zur Linken war eine kleine leere Bühne zu sehen. Taghell erleuchtet. Die Leute lärmten und klatschten in die Hände – zum Glück hatte mich niemand bemerkt. Niemand außer einem Alten mit schneeweißem Bart und einem komischen Hütchen auf dem Kopf, der mich fixierte, während er langsam die Treppe zur Bühne hinaufstieg.

Als er oben war, wurde er vom tosenden Lärm der Zuschauer wie von einer Sturmbö geschüttelt. Man dämpfte das Schweinwerferlicht. Der Alte holte tief Luft und setzte mit einer heiseren, grellen und doch markanten Stimme an. Und er wandte die Augen nicht von mir.

»Das Folgende habe ich geschrieben, als ich hier in Cagliari mit der Schwester von Nanni Loy zusammen war. Ein großer Regisseur, der es nicht nötig hatte, mit einer gewissen Art von Autos durch die Gegend zu fahren, um klarzumachen, was für eine Sorte Mann er ist.«

Dann zeigte er mit dem Finger auf mich. Und begann ins Mikrofon zu murmeln, davon zu erzählen, dass er Cagliari verlassen würde, jedes einzelne Viertel und jede Ecke der Stadt.

»Io me ne vado da Cagliari, da Casteddu, da Casteddesusu, da Santavendrace, da Via Roma, dal Porto, dal Poetto, dal Bastione, dagli Stagni, dai Malloredus, dal Porceddu ...«

Das Publikum verstummte. Und der Alte fuhr mit seinem Sprechgesang fort: Sardinien wolle er verlassen, und damit auch die Mansarde, in der er einst mit einer Sardin zusammen war.

»Me ne vado dalla Regione Sarda, dall'Unione Sarda, dall' Indipendentismo Sardo e da quella mansarda nella quale sono stato con una Sarda.«

Die Zuschauer rasten, und ihre ganze Energie entlud sich in einem Chor: »Remotti! Remotti!«

Die Stimme des Alten wurde lauter und rauer, wie Sandpapier. Seine Augen sahen nur mich an, als er von den Vätern und Herren und von den Banditen sprach, die er verlassen wollte.

»Io me ne vado dai Padre-Padrone, dai banditi a Orgosolo …«

Es schien, dass sich seine ganze Kraft in den Stimmbändern konzentriert hatte, die einen hypnotischen Ton hervorbrachten, quasi ein beschwörendes Mantra. Und tatsächlich war das Publikum hingerissen, ließ sich hineinziehen in diesen Wirbel aus Worten, aus Namen berühmter Sarden.

»Me ne vado dalle Grazia Deledda, dai Gramsci, dai Berlinguer, dai Lussu, dai Cossiga, dai Gianni Agus, dai Nanni Loy, dagli Amedeo Nazzari …«

Die Menge wogte und schrie: »Remo! Remo!«

Der alte Poet steigerte sich noch einmal und unterstrich seinen Vortrag mit einer Geste: Wie einen Pfeil richtete er seinen Zeigefinger auf mich, sodass das Publikum schließlich gezwungen war, sich umzudrehen und in meine Richtung zu schauen. Mir schien, dass sich ihre Gesichter in Holzmasken mit finsteren, bedrohlichen Zügen verwandelt hatten, Bergdämonen, ins Tal hinabgestiegen und bereit, mich auf das Zeichen ihres Herrn hin zu verschlingen. Der setzte seine Litanei fort, während ich mit meinen Nerven langsam am Ende war, sprach von den Großen und Reichen, den Haien und Hundesöhnen, den Aga Khans und den Luxustouristen, die er verlassen würde.

»Me ne vado dalla Sardegna, dai Granatieri di Sardegna, dalla Costa Smeralda, dal Club della Costa Smeralda, dall'Aga Khan, dal Clan dell'Aga Khan, dai Gengiscan, dai Pescican, dai Fiol d'un Can e dal Turismo Sardo da Cancan …«

Es folgte die Apotheose, ein Getöse, das ihn kaum beeindruckte, als er schließlich verkündete, dass er die braven Leute verlassen und auf den Kontinent zurückkehren werde. *»Io vi lascio, brava gente: me ne torno in continente.«*

Und erst da ließ er den Finger sinken, den er auf mich gerichtet hatte.

Als ich auf die breite Straße zum Poetto einbog, merkte ich, dass ich das Steuer so fest mit meinen Händen umklammert hielt, dass meine Nägel sich in die Handflächen gegraben hatten. Ich merkte auch, dass trockener Speichel in meinen Mundwinkeln klebte und mir die Haare zu Berge standen. Die Visionen dieses Alten, bei dem ich den Eindruck hatte, dass er, wie ein halluzinierender Hexenmeister, nur zu mir und von mir sprach, hatten mir gerade noch gefehlt. Ich war kurz vorm Durchdrehen. Doch nicht jetzt, das konnte ich mir jetzt nicht leisten.

Wenn dies ein Film gewesen wäre. Wenn dies die Szene eines Films gewesen wäre, hätte jetzt die Filmmusik eingesetzt, um die Bilder erstarren zu lassen. Ein Zusammenspiel von Gitarren. Eine hypnotische Folge von

Akkorden. Vielleicht *This Is Not America* mit der knabenhaften Stimme von David Bowie.

Allerdings, das war nicht mehr mein Amerika.

Doch dies war kein Film, und es gab keine Musik.

Ich fuhr zu einem Bootshaus an der Küste von Quartu Sant'Elena. Ganz im Geheimen hatte ich mir ein altes Segelboot gekauft. Es hatte den einzigen Zweck, meinen kleinen Koffer zu hüten, den ich in einem Hohlraum gut versteckt hatte. Ich war mir sicher, dass niemand ihn je finden würde.

Hin und wieder kontrollierte ich unter dem Vorwand, irgendeine Instandsetzungsarbeit ausführen zu müssen, seinen Inhalt und fügte ein paar Geldscheine hinzu.

Ich parkte an der Straße und hängte mich an die Klingel, um den Wächter zu wecken, drückte ihm hundert Euro in die Hand, entschuldigte mich für die späte Stunde und holte den Koffer.

Kaum hatte ich das Tor passiert, tauchten links und rechts von mir aus dem Nichts zwei Männer auf. Ich blieb stehen und presste meinen Koffer an die Brust. Die beiden sahen mich mit gleichgültiger Miene an. Sie waren jung, etwa Mitte dreißig. Blond und schlank, doch mit Muskeln, die sich deutlich abzeichneten, und Augen, die eiskalt blickten. Sie sahen nicht wie Italiener aus, schon gar nicht wie Sarden. Der rechts von mir packte mich am Arm und zeigte auf den Cayenne. Erst in diesem Moment bemerkte ich, dass ein Mann an meinem Geländewagen lehnte. Sein Gesicht war im Dunkeln, doch ich hatte das Gefühl, dass es sich um Pedevillas handelte.

Ich spürte einen Stich im Magen. Ich dachte, der Moment der Abrechnung sei gekommen. Mariuccias Mann habe beschlossen, mich von seinen Leuten fertigmachen zu lassen. Während ich mich ihm, eingezwängt zwischen den beiden Typen, näherte, begann der Schatten zu sprechen. »Du hast immer eine Vorliebe für diese protzigen Kisten gehabt«, sagte er. »Mir dagegen haben es schon immer die Limousinen angetan: Jaguar oder Mercedes, aber auch ein BMW ist nicht schlecht, obwohl er Hinterradantrieb hat.«

Meine Knie gaben nach, und ich fand mich auf dem Boden wieder. »Parenti«, rief ich erschrocken aus.

Der Mann trat aus dem Dunkel heraus und stellte sich in den Lichtkegel einer Straßenlampe, damit ich ihn gut sehen konnte. »Ja, ich bin's, Gigi.«

Die beiden Typen hoben mich hoch und schleppten mich zu ihm. Parenti packte mich am Kinn, wie Ilario Sambin es ein paar Jahre zuvor getan hatte.

»Hast du Angst, Gigi?«

»Ja.«

Ich wimmerte. Ich war mir sicher, dass ich sterben müsste und Parenti seinen Spaß daran haben würde. Das waren die einzigen klaren Gedanken, die ich fassen konnte. Der Rest war ein Matsch aus Worten und in Angst ersoffenen Ideen.

Ich fand mich auf dem Rücksitz wieder, eingezwängt zwischen seinen beiden Wachhunden. Der Jüngere von ihnen hatte auf dem Unterarm zwei gekreuzte Kalaschnikows tätowiert. »Es sind Russen«, erklärte Parenti, während er den Cayenne in Bewegung setzte. »Exsoldaten. Jahre im Tschetschenien-Krieg. Das sind Profis … Verstehst du, was ich sagen will?«

»Ja.«

»Gut, dann stelle ich dir jetzt eine Frage, und ich stelle sie dir nur einmal: Welches Ende hat Mariuccia Sinis genommen?«

Mariuccia Sinis? Was hatte Parenti mit dieser Geschichte zu tun? Ich beging den Fehler, ihn das zu fragen, und schon hatte ich eine Plastiktüte über dem Kopf. Eine von diesen transparenten, die man zum Einfrieren nimmt. Ich war sofort kurz vorm Ersticken. Die beiden Russen hielten mir Arme und Beine fest, und ich konnte nur den Kopf schütteln wie eine durchgedrehte Marionette.

Ohne sich umzuwenden, hob Parenti den Zeigefinger, und sie ließen mich los. Ich riss mir die Plastiktüte herunter und sog so viel Luft ein, wie ich konnte.

»Ich habe sie getötet. Es war ein Unfall«, keuchte ich.

»Und die Leiche?«

»Vergraben.«

Parenti schüttelte amüsiert den Kopf: »Amateur«, bemerkte er. Dann drehte er sich um und sah mich an. »Kannst du fahren?«

Parenti schob sich auf den Beifahrersitz, während einer der Russen zu dem japanischen Wagen ging, mit dem sie gekommen waren, und uns folgte.

»Du hast ein doppeltes Problem, Gigi«, sagte er gleichgültig. »Die Gegenwart und die Vergangenheit. Mariuccia – und was du der Familie Sambin angetan hast. Und mir. Leider kannst du nur einmal sterben.«

Ich blieb still. Beim Autofahren ließ mich die Angst aus ihrem Würgegriff, und ich versuchte nachzudenken. Jede Minute, die ich am Leben blieb, war eine gewonnene Minute.

Parenti öffnete den Koffer, den ich aus dem Bootshaus geholt hatte. »Ein ganz hübsches Sümmchen«, kommentierte er zufrieden und warf auch einen Blick auf die Pässe. »Du hast an alles gedacht«, fügte er hinzu. Dann tätschelte er mir die Wange. »Aber sicher hast du nicht erwartet, dass der alte Parenti dir einen kleinen Besuch abstatten würde.«

»Nein«, stammelte ich. Das war wirklich das Letzte, worauf ich gekommen wäre.

Irgendwann fürchtete ich, mich verfahren zu haben, und als ich mich nicht entscheiden konnte, in welche Straße ich abbiegen sollte, strich der Russe mir mit der Plastiktüte am Hals entlang. Nur so, damit meine Erinnerung zurückkehrte. Ich legte sofort einen Gang ein und vertraute mich meinem Instinkt und dem Schicksal an. Nach einer Weile erleuchteten die Scheinwerfer die Stelle, wo ich Mariuccia und was bei ihr im Bauch war vergraben hatte.

»Da unten ist es«, flüsterte ich.

Aus dem Kofferraum ihres Wagens holte der tätowierte Russe eine Schaufel und eine Hacke hervor, und als ich die Geräte sah, die mit Sicherheit dazu gedacht waren, mein Grab auszuheben, fühlte ich, wie meine Kräfte schwanden, und ließ den Kopf aufs Lenkrad sinken.

»Steig aus«, befahl Parenti.

Die beiden Gorillas gruben schnell, und nach vielleicht zwanzig Minuten tauchte die in schwarze Müllsäcke verpackte Leiche auf. Der Tätowierte zog ein Messer hervor und schnitt die Plastikfolie auf, um den Inhalt zu kontrollieren. Der Verwesungsgestank war unerträglich, doch ich war der Einzige, der sich übergab.

Die beiden Russen machten zum ersten Mal den Mund auf und erzählten irgendwas Komisches, über das Parenti herzhaft lachte.

»Einmal haben sie einen an eine Leiche gebunden … und lebendig … begraben«, fasste er mit einem Lächeln auf den Lippen zusammen. »Das scheint mir keine schlechte Idee. Was hältst du davon, Gigi?«

Ich begann schnell zu rennen, doch die Angst lähmte meine Schritte. Sie hatten mich in weniger als dreißig Sekunden eingeholt und machten sich nicht mal die Mühe, mich zu schlagen. Parenti streckte die Hand aus. »Gib mir deine Brieftasche.«

Er nahm eine meiner drei Kreditkarten heraus und warf sie auf Mariuccias Leiche. Sofort packte einer der beiden Russen die Schaufel und begann die Grube wieder zuzuschütten.

»Auf die Art habe ich dich weiter an den Eiern«, murmelte Parenti.

Mein Gehirn arbeitete fieberhaft, doch es gelang mir nicht, die einzelnen Teile zusammenzusetzen. »Du willst mich also nicht töten?«, fragte ich vorsichtig.

Mein Exrivale grinste. »Im Augenblick brauche ich dich lebendig.«

Auf der Rückfahrt wechselte Parenti ein paar Sätze auf Russisch mit seinem Gorilla, der hinter mir saß. Mit mir kein einziges Wort. Dieser Mann hasste mich, und ich war mir sicher, dass er mich eliminieren lassen würde, wenn er erst einmal hätte, was er wollte. Oder mich mit seinen eigenen Händen töten. Ich musste fliehen. Das sagte ich mir immer wieder, aber diese Russen waren

Profis, wie Parenti bemerkt hatte. Um sie reinzulegen, würden meine Überredungskünste nicht genügen. Als wir Cagliari erreicht hatten, wies Parenti mich an, mich Richtung Flughafen Elmas zu halten. Irgendwann befahl er mir, abzubiegen und in den Ort hineinzufahren. Kurz darauf hielten wir vor einem Neubau an.

Ihre Basis war im obersten Stock, und sie waren die einzigen Bewohner. Das Apartment war groß, und so, wie es aussah, schien mir, dass sie seit mindestens vierzehn Tagen da sein mussten. Die Russen gingen in die Küche, um sich was zu essen zu machen. Parenti brachte mich in ein Zimmer. »Hier schläfst du«, verkündete er mit einem aasigen Lächeln.

Im Zimmer gab es nichts weiter als ein Feldbett, doch ich beklagte mich nicht über die Einrichtung. Ich ließ die Tasche, die ich für die Flucht gepackt hatte, auf den Boden fallen und setzte mich auf die Matratze.

Nach ein paar Minuten hörte ich, dass Parenti mich rief. Ich ging ins Wohnzimmer, wo er sich in einen Sessel geflegelt hatte. Mit einer Handbewegung zeigte er auf den Sessel gegenüber.

»Setz dich, Gigi. Wir müssen uns unterhalten.«

Ich gehorchte und wartete schweigend ab. Von dem Glastisch, der zwischen uns stand, nahm er eine Flasche eisgekühlten Wodka und goss sich großzügig in das einzige Glas ein. Dann zündete er sich in aller Ruhe eine Zigarette an. Ich nutzte die Gelegenheit, ihn mir anzuschauen. Er hatte sich in den letzten Jahren sehr verändert. Er wirkte nicht mehr wie ein Geier, sondern benahm sich wie ein großer Boss, wie einer, der seinen Weg gemacht hatte und wollte, dass man das auch bemerkte.

Doch er hatte die gleichen bösen Augen wie früher. Parenti war immer noch die alte Bestie.

»Auf gewisse Art muss ich dir danken«, sagte er plötzlich.

Ich sah ihn fragend an.

»Dass ich gezwungen war, in Sankt Petersburg zu bleiben, hat es mir ermöglicht, in Kontakt mit gewissen Leuten zu kommen und in gewissen Kreisen Karriere zu machen. Du verstehst, was ich sagen will, ja?«

Die Russenmafia. Man brauchte kein Genie sein, um zu kapieren, dass einer zu einer großen Organisation gehören musste, wenn er mit zwei Schlägertypen dieser Sorte in Italien umherzog.

Ich hielt weiter meinen Mund. Dieser Arsch wollte mir unbedingt zeigen, was für ein toller Kerl er war, und da durfte ich ihn nicht ablenken.

»Leider bin ich kein Russe und kann nie ein Boss werden«, erklärte er. »Sie sind genauso wie die Sizilianer oder die Kalabresen, wenn du keiner von ihnen bist, kommst du nie ganz nach oben, aber ich kann mich nicht beklagen. Es ist auf jeden Fall mehr, als ich bei der Familie Sambin erreicht hätte.« Er unterbrach seinen Vortrag, um mich zu fixieren. »Ich kann mir vorstellen, dass du neugierig bist, wie wir dich gefunden haben.«

Ich beschränkte mich auf ein Kopfnicken.

»Pedevillas hat die Nachricht verbreiten lassen, dass er an Informationen über dich interessiert ist. Und wir sind seit einer Weile hier auf Sardinien präsent. Vor allem im Norden. Mit Investitionen und Geldwäsche. Häuser, Bars, Restaurants, alles Mögliche. Eines Tages bekomme ich in Sankt Petersburg einen Anruf, und einer der Jungs fragt mich, ob ich dich kenne. Ich hatte ihm von dir erzählt, und er hatte sich daran erinnert, dass ich noch eine Rechnung mit so einem Arschloch offen hatte. Vom Namen her hatte ich schon verstanden, dass du es warst, nur ein so dämlicher Drecksack wie du kann sich derart in die Scheiße reiten, doch die Bestätigung habe ich durch das Foto in der Zeitung bekommen. Mir kam es so vor, als wärst du es, dann kam es mir wieder so vor, als wärst du es nicht, du warst briefmarkengroß auf dieser Schwarz-Weiß-Seite. Dann habe ich dich im Fernsehen gesehen, in Farbe. Es war das gleiche Foto, nur dass es auf meinem riesigen Plasmabildschirm einen anderen Eindruck auf mich machte, deine verschiedenfarbenen Augen sind ein Markenzeichen. Und ich hatte keinen Zweifel mehr. Keinen.« Er schenkte sich noch einen Wodka ein. »Und weißt du, was ich dann gemacht habe? Ich habe mit meinen Bossen geredet, und sie haben mich hierhergeschickt. Nicht wegen dir. Wegen Carlo Alberto Pedevillas.«

Er bemerkte meinen erstaunten Ausdruck und beeilte sich zu erklären.

»Wir hatten Bedarf an Beziehungen zu Politikern im Raum Cagliari, um unsere Geschäfte auszuweiten, und er versprach, ein guter Kandidat zu sein. Und für mich bot sich die Gelegenheit, meine Rechnung mit dir zu begleichen.«

An dieser Stelle platzte ich heraus. Ich hatte langsam verstanden, doch ich wollte es nicht glauben: »Willst du damit etwa sagen, dass Pedevillas jetzt einer eurer Leute ist?«

Parenti lächelte. »Natürlich. Aber er hat sich uns nicht nur in die Arme geworfen, um seine Freundin zu rächen.

Er hat auch das Geld gerochen. Und damit steigt man auf. Er tut so, als wüsste er nicht, wer wir sind, und gibt sich mit den Tarnfirmen zufrieden. Diese Politiker sind alle so. Sie können es kaum abwarten, dass einer von uns an ihre Tür klopft.«

Jetzt war alles klar. Bis auf eine Sache. »Und warum hast du mich dann nicht umgebracht?«

Er tat so, als applaudierte er. »Das ist der alte Gigi Vianello, wie ich ihn kannte. Vor lauter Angst zu sterben hattest du nur noch Dünnschiss im Hirn. Aber jetzt fängst du wieder an, klar zu denken ...«

Parenti hatte einen Plan. Ich betete, dass er, was mein Todesurteil anging, einen Hoffnungsschimmer enthielt.

»Wenn du noch nicht unter der Erde in den Armen deiner schönen Mariuccia liegst, so hat das zwei Gründe. Der erste ist ein technischer. Wenn ich dich umbringe, wird die Übertragung des Eigentums schwieriger. So hingegen triffst du morgen Peppino Floris, mit dem du alles regeln wirst.«

»Und der zweite Grund?«, fragte ich mit einer Stimme, die Angst verriet.

»Du witterst die Chance zu verhandeln, nicht?«, verspottete mich Parenti. »Überlegst, welche Karte du spielen musst, um deinen Arsch zu retten.«

»Ich will nicht sterben.«

Er lächelte zufrieden. »Du hast dir ein schönes Geschäft aufgebaut, das uns, wenn man es gut organisiert und entwickelt, einen Haufen Geld einbringen kann.«

»Schwachsinn«, brach es aus mir heraus. »Ihr braucht meine Kontakte nicht, um den Laden wieder in Schwung zu bringen.«

Die Technik heißt: das Terrain sondieren.

Parenti schüttelte den Kopf. »Für unsere Organisation ist das ein neuer Geschäftsbereich, und aus Russland kann man nur Kaviar und Wodka exportieren. Was wir schon tun, aber was anderes kaufen die Leute nicht.«

Ich schwieg. Ich musste nachdenken. Die Übergabe der Kontakte würde eine ganze Reihe von Reisen mit sich bringen, die ich zur Flucht nutzen könnte. Denn von einem war ich weiterhin überzeugt: Parenti war fest entschlossen, mich zu töten.

Dieses Arschloch fing an zu lachen und streckte die Hand aus, um mir einen freundschaftlichen Klaps aufs Knie zu geben. »Ich weiß, was dir durch den Kopf geht«, sagte er. »Du überlegst, wie du mich zum zweiten Mal reinlegen kannst, aber diesmal hast du keine Chance.« Er trank noch einen Schluck Wodka und zeigte auf die Tür. »Die ist offen. Wenn du gehen willst, musst du nur deinen Arsch aus dem Sessel heben.«

»Und die Polizei würde einen anonymen Hinweis bekommen, wo Mariuccia begraben ist, und außer der Leiche auch meine Kreditkarte finden«, sagte ich.

Parentis Zeigefinger fuhr durch die Luft. »Du hast noch immer nicht verstanden. Ich müsste mir nicht mal die Mühe mit einem anonymen Hinweis machen, um die Bullen auf dich zu hetzen. Wo soll einer wie du ohne Geld und ohne Pass denn verdammt noch mal hin?« Er steckte sich noch eine Zigarette an. »Mag ja sein, dass so ein Arsch wie du es fertigkriegt, sich mit den Bullen zu einigen, aber dann würden dich die Russen suchen, und die finden einfach jeden.«

Ich wurde dieses Spielchen leid. Ich griff nach dem

Wodka und trank aus der Flasche. »Ach fick dich doch ins Knie«, platzte ich heraus. »Zum Schluss bringst du mich doch sowieso um.«

»Zeig mir, wie deine Geschäfte funktionieren, und du kannst deine Haut retten. Wenn sie bei mir auch laufen, mache ich damit weiter und bleibe hier auf Sardinien. Sankt Petersburg geht mir auf den Sack. Es ist mordskalt da.«

»Und Pedevillas?«

»Ich sage ihm, du hast nach deiner Mama gerufen und bist gestorben.«

»Und wenn er herausbekommt, dass das nicht stimmt?«

»Er wird es nie herausbekommen. Gigi Vianello wird für immer verschwinden, weil ich dich nämlich nach Russland schicke, um da für mich zu arbeiten.«

Ich sah ihn an. »Nach Russland? Und was soll ich da tun?«

Er grinste mich böse an. »Das wirst du dann schon sehen.«

»Immer noch besser als umgebracht zu werden oder im Gefängnis zu sitzen, oder?«

»Ganz bestimmt.«

»Also muss ich Vertrauen haben.«

»Du hast keine andere Wahl.«

»Okay. Ich vertraue dir.«

7

Am nächsten Morgen ging ich, eskortiert von den beiden Russen, zu dem Treffen mit meinem ehemaligen Geschäftspartner Peppino Floris. Er begrüßte mich mit einem Kopfnicken, ohne mir ins Gesicht zu sehen. Dazu fehlte ihm der Mut. Er war nicht überrascht, die beiden Gorillas zu treffen, was bedeutete, dass er sie schon kannte.

»Du arbeitest jetzt also für die Russenmafia«, stellte ich sachlich fest.

Er zuckte mit den Schultern. »Soweit ich weiß, ist es ein Unternehmen aus Sankt Petersburg.«

»Und was springt am Ende für dich dabei heraus?«

»Das Gleiche, was ich bei dir hatte, und die Leitung einer Feriensiedlung bei Villasimius«, antwortete er zufrieden.

»Du bist es gewesen, der Parenti überzeugt hat, unsere Firma wiederzubeleben, stimmt's?«

»Es wäre schade gewesen, ein gutes Geschäft den Bach runtergehen zu lassen.«

»Sieh mir wenigstens ins Gesicht, Peppino«, sagte ich ruhig. »Wir arbeiten beide für dieselben Herren.«

Floris sah mich erstaunt an und drehte wieder das lose Armband seiner Uhr ums Handgelenk. Sein blöder nervöser Tick. Ich vermied es, genauer darauf einzugehen, wie unterschiedlich unsere Stellung und unsere Rolle in der Organisation waren.

Aus einer eleganten Ledertasche, die brandneu aussah, holte Peppino eine dicke Akte hervor. »Offiziell verkaufst du alles an eine Gesellschaft«, erklärte er.

»Die der Russen?«

Er schüttelte den Kopf. »Der Geschäftsführer ist Sorrentino.«

»Dann sackt also Pedevillas alles ein«, bemerkte ich. Schlau: Parenti und seine russischen Freunde kauften sich Pedevillas mit meinem Geld.

Ich unterschrieb mit einem Kugelschreiber, der für ein Restaurant Werbung machte, das ich mit allen Zutaten für Pizzas und sonstige Speisen beliefert hatte. Von geschälten Tomaten bis zu Artischocken, von Mozzarella bis zu argentinischen Rindersteaks, alles gnadenlos manipuliert. Ich hatte gutes Geld damit gemacht, und der Inhaber fuhr in einem Maserati herum. Den hatte er sich verdient. Wenn es möglich gewesen wäre, hätte ich ihn auf eine Runde durch andere Restaurants mitgenommen, um ihn demonstrieren zu lassen, wie es geht: Er war ein Genie der Geschmacksverbesserung und hätte anderen Köchen das Metier beibringen können. Das Essen, das er seinen ahnungslosen Gästen servierte, würde schlussendlich sicher nicht in den Hochglanzzeitschriften für Feinschmecker abgebildet werden, doch es schmeckte normal. Genau das, was die Leute von einem Restaurant dieser Kategorie erwarteten. Er war ein Kunde, den Peppino betreut hatte, und einmal hatte er auf einen Tisch gezeigt, an dem zwei ältere Herrschaften aßen. Seine Schwiegereltern. »Sie sind hier immer willkommen«, hatte er mit einem Grinsen erklärt.

Ich steckte den Kuli in die Brusttasche meines Jacketts. Er war ein kleines Stück aus meiner perfekten Welt, und ich wollte ihn behalten. Nicht um mich an die schönen Zeiten zu erinnern, sondern daran, was für ein Trottel ich gewesen war. In der Nacht war ich wach geblieben und hatte meine Situation so kühl wie möglich analysiert. Ich war Parentis Sklave geworden, und falls ich mich auf das Versprechen verlassen konnte, dass er mich nach Russland schicken wollte, damit ich für ihn arbeitete, würde dies das Höchste sein, was ich erreichen konnte. Mit Sicherheit würde er mich nicht in die feine Gesellschaft von Sankt Petersburg einführen. Die Alternative war der Tod, doch Parenti war ein solches Arschloch, dass ich versucht war, ihm zu glauben: Wer weiß, was er sich ausgedacht hatte, um es mir heimzuzahlen.

Peppino Floris stand auf. »Der Notar erwartet uns.«

Auch der Notar gehörte zu Sorrentinos Partei, und ich hatte ihn Jahre zuvor, als ich nach Sardinien kam, kennengelernt. Zum Glück würde das ganze Theater nicht lange dauern.

Die Kanzlei war in einem riesigen, komplett mit Mahagoni verkleideten Apartment untergebracht. Man musste dafür ein gutes Stück brasilianischen Regenwald abgeholzt haben, das beste Holz kam ja von dort. Boden, Wände und Kassettendecke. Eine Art enormes hölzernes Gehäuse, in dem die Temperatur auf einem konstanten Niveau blieb. Ich war schon hier gewesen, als Peppino mich hergebracht hatte, um die Übertragung des *Chez Momò* aus dem Besitz von Biancas Vater in mein persönliches Eigentum mit meiner Unterschrift zu besiegeln. Die Temperatur war exakt die gleiche gewesen, obwohl wir jetzt Sommer hatten und es damals Winter war. Die Wirkung war geradezu betäubend, als wollte der Notar jeden Akt, jeden Verkauf, jede Verschuldung, jede finanzielle Transaktion im Klima einer chirurgischen Klinik durchführen. Das Ergebnis war ein Zustand der Benommenheit an der Grenze zu dem berauschenden Gefühl, das sich im Hochgebirge bei Sauerstoffmangel einstellt.

Oder wenigstens empfand ich es so. Wegen meiner beruflichen Vergangenheit (An- und Verkauf) hatte ich immer aufmerksam die Wirkungen der Chemie auf den menschlichen Körper beobachtet. Um es kurz zu machen: Alles war darauf ausgerichtet, die Verarschung weniger schmerzhaft erscheinen zu lassen. Auch die beruhigende Miene der Sekretärin, süß wie Honig und mit einem großzügigen Dekolleté ausgestattet, die uns zu unseren Plätzen an einem ovalen Tisch in der Bibliothek geführt und neben jeden eine Mappe aus teurem, beigefarbenem Karton mit den zu unterzeichnenden Schriftstücken gelegt hatte. Alles war harmonisch, wie die Dutzenden Eier aus Marmor und Onyx, die hier und dort in der Kanzlei platziert waren. Der Notar hatte eine Schwäche für diese Eier und hütete sie eifersüchtig.

»Sie enthalten alles, Geist und Materie«, hatte er gesagt, als wir das Geschäft mit dem *Chez Momò* abschlossen und er mir mit väterlichem Stolz die ganze Sammlung zeigte. Er hatte ein kleines Ei mit rosa Maserung genommen und es mit sichtbarer Lust in seine Hand geschlossen, um es dann zwischen den Fingern hin und her wandern zu lassen. »Perfekte Form, elegant und essenziell«, hatte er gesagt und mich mit einem sonderbaren Verlangen in seinen pechschwarzen Augen angesehen. Undurchschaubar wie seine Geschäfte, aber nicht wie seine Manien und Vorlieben. Klein, rundlich, ohne ein Haar auf dem Kopf, schien es so, als wollte er seinem Lieblingsobjekt ähnlich werden. Doch gar nicht dazu passen wollten seine kleinen, ungemein stark behaarten Orang-Utan-Hände. Damals erzählte er mir, dass der russische Zar, irgendein Nikolaus, einen Diener, dem ein Ei des Goldschmieds Fabergé aus den Händen gefallen sei, habe zu Tode prügeln lassen. »Auch Ihre Augen, Dottor Viallo, scheinen von Fabergé geschaffen«, hatte er gesagt und war mir mit einem Finger sanft übers Gesicht gefahren. Dann hatte die Vernunft sich gegen den Instinkt durchgesetzt: Er hatte sofort die Hand zurückgezogen, eines seiner Eier genommen und dieses kurze Aufscheinen von Schwäche bereut.

Ich wusste also, wie ich ihn nervös machen konnte. Und als er, glatt rasiert, die Bibliothek betrat, musste er sehen, wie ich eines seiner über alles geliebten quarzfarbenen Eier über den spiegelblanken Tisch rollen ließ.

»Legen Sie es bitte schön auf seinen Platz zurück«, kreischte er, seine Augen rotgeädert und von einem seltsamen gelblichen Rand umgeben. Ich ließ die Finger von dem Ei, sah Peppino an, der zu meiner Rechten saß, während ich mich nicht nach links wandte, wo Gaetano Sorrentino Platz genommen hatte. Meine beiden ehemaligen Geschäftspartner, die zu meinen Peinigern geworden waren. Für eine Sekunde dachte ich, ein Jesus zu sein, gekreuzigt zwischen den beiden Schächern. Doch ich war nicht bereit, den Christus am Kreuz zu geben, auch nicht in diesem Moment, in dem ich mich von meiner perfekten Welt verabschiedete. Sie erledigten mich mit allen juristischen Finessen, doch die Befriedigung, mich betteln zu sehen, würde ich ihnen nie geben. Nicht zwei Typen wie ihnen. Nur einer wie Parenti hatte das Recht, meine Bitten anzuhören.

Der Notar begann eine lange Reihe von Absätzen, Paragrafen und Unterpunkten zu verlesen, eine endlose Litanei. Musste ich mir nicht anhören. Ich sah mich um und wählte aus der Sammlung der wertvollen Eier dasjenige aus, das ich aus Versehen herunterfallen lassen wollte, bevor ich die Kanzlei verließ. Dasjenige, das, wenn es aufs Parkett fiel, am leichtesten zerbrechen und das Herz des Notars zerbersten lassen würde. Wenn ich ein Fabergé hätte erkennen können, hätte ich es anvisiert. Doch dazu war ich nicht in der Lage, und außerdem hatte er ein solches Stück sicher nicht in der Bibliothek, sondern vielleicht bei sich zu Hause, womöglich im Schlafzimmer. Zum Schluss suchte ich mir eins auf einem Piedestal aus, geschmückt mit Blattgold, in das ein großes M eingraviert war. Sicher ein Geschenk von einem aus seiner Bruderschaft.

»Nun, Dottor Vianello, unterschreiben Sie oder nicht?« Ich starrte vor mich hin, der Notar hatte seine langweilige Lesung, die Verlesung meines Todesurteils, beendet, und ich hatte nicht gemerkt, dass der Augenblick gekommen war, den Stift in die Hand zu nehmen und die Sache abzuschließen.

»Ich unterschreibe, ich unterschreibe, machen Sie sich keine Sorgen«, brach es aus mir heraus. Ich sah ihn an, schüttelte den Kopf, ein deutliches Zeichen der Enttäuschung, wenn man dazu die Lippen kräuselte und die Stirn runzelte.

Dem Notar entging mein sorgenvoller Ausdruck nicht. »Was ist, Dottor Vianello? Irgendetwas nicht in Ordnung?«

Alarmiert sprangen Floris und Sorrentino hoch, richteten sich gerade auf. Ich merkte es daran, wie die Stuhlbeine über den Holzboden schrappten. Gewiss hatte Peppino angefangen, das Uhrarmband um sein Handgelenk zu drehen, doch das konnte ich nicht deutlich sehen, weil meine Augen ganz beim Notar waren.

»Nein, alles in Ordnung …«, beruhigte ich ihn. »Aber täusche ich mich, oder haben Sie heute eine ungesunde Gesichtsfarbe?«, fragte ich und heuchelte aufrichtiges Interesse.

Floris und Sorrentino hockten sich wieder hin.

»Ihre Augen sind gelblich …«, sagte ich und ließ den Satz in der Schwebe.

Der Notar war betroffen, und wie jeder, den man überraschend auf den empfindlichsten Punkt anspricht, die Gesundheit nämlich, versuchte er sich zu rechtfertigen. »Meinen Sie? Wirklich?«, fragte er unsicher. »Seit ein paar Tagen ist mir so komisch übel, ich bin erschöpft, habe Kopfweh und Bauchschmerzen und muss häufiger als normal zur Toilette …«

»Vergiftung …«, diagnostizierte ich und lächelte boshaft. »Das sind deutliche Zeichen einer Lebensmittelvergiftung.«

Seine Augen sahen jetzt aus wie zwei Zitronen, und die Gesichtsfarbe wurde strohgelb. »Nein, das glaube ich nicht. Es ist etwas anderes, das kann ich Ihnen versichern.

Einer meiner jungen Praktikanten hat mir gesagt, dass in seinem Fitness-Studio viele die gleichen Symptome haben. Er ist bei einem Arzt gewesen, den er aus dem Aerobic-kurs kennt, und der hat ihm erklärt, dass es der halben Stadt so geht wie mir. Er sagt, es ist ein Virus. Das ist dieses Jahr die Grippe ...«

»Ja, ja, sicher, die Grippe, mitten im Sommer. Wenn ich Sie wäre, würde ich darauf achten, was ich in dem Restaurant unten bei Ihnen im Haus esse ...«, sagte ich, erhob mich mit einem Ruck, streckte die Hand aus und schlug dabei mit dem Ellbogen gegen das schwarze Ei mit dem Blattgold und dem eingravierten M.

Die Augen des Notars wurden noch gelber. Das Ei flog von seinem Piedestal, sauste durch die Luft und beschrieb auf seinem Weg nach unten eine weite Bahn. Mit ihm würde auch das Herz des Notars zerbersten. Falls er überhaupt eins hatte.

Ich genoss meine kleine Revanche.

Sorrentinos Hand fing das Ei auf, bevor es das Parkett berührte. Eine athletische Bewegung. Er packte es, hielt es in einem sicheren Griff mit den Fingern umklammert und warf dem Notar einen beruhigenden, servilen Blick zu.

»Hier, bitte ...«, sagte er und gab es ihm.

Dann sah er mich an. »Hast du verstanden, Gigi, wozu Freunde da sind?«

Es war Zeit zu gehen.

Die Tournee begann. Die nächsten vierzehn Tage war ich mit Parenti und den beiden Russen im Auto unterwegs, um sie meinen Lieferanten vorzustellen und ihnen die Geschäfte zu übergeben.

Wenn mein Leben ein heiterer Film gewesen wäre, *Vier Freunde machen Ferien*, wären die Bilder jetzt mit einer wilden Folge von Ausschnitten eines Livekonzerts unterlegt worden. Eine gelungene Tour, aufbauen und abbauen, die wichtigsten Orte, die größten Erfolge, gespielt unter dem Applaus des Publikums. Was weiß ich, vielleicht *David Bowie Live in Tokyo*.

Doch es war kein Film. Und die einzige Musik, die wir in meinem Cayenne hörten, waren die CDs von Parenti und den beiden Russen. Eine Qual für meine Ohren. Stücke von Nek – Parenti hatte die komplette Kollektion – wechselten mit Heavy-Metal-Compilations ab, die die beiden Gorillas voll aufdrehten: Scorpions, Anthrax, Megadeth, Metallica, Sepultura. Parenti ertrug den hämmernden Sound nicht, ließ sie aber gewähren und grummelte vor sich hin, dass sie Bestien seien. Und vielleicht machten sie über ihn ähnliche Bemerkungen.

Nur auf eine CD konnten sich alle einigen. Sie steckten sie in den Player und sangen aus vollem Hals mit, zufrieden, glücklich, unbeschwert wie Gymnasiasten auf einem Schulausflug. Doch vielleicht taten sie das nur, um sich über mich lustig zu machen. Sie drehten lauter und brüllten:

Case di pane, riunioni di rane,
vecchie che ballano nelle Cadillac
muscoli d'oro, corone d'alloro
canzoni d'amore per bimbi col frac
musica seria, luce che varia
pioggia che cade, vita che scorre
cani randagi, cammelli e re magi

mi fido di te, mi fido di te
mi fido di te, mi fido di te
io mi fido di te
ehi, mi fido di te
cosa sei disposto a perdere …

Und sie lachten. Lachten hinter meinem Rücken. Betonten dieses *Ich vertraue dir, ich vertraue dir, ich vertraue dir* und sangen es bei jedem Refrain lauter:

Mi fido di te
io mi fido di te
ehi, mi fido di te
cosa sei disposto a perdere …

Eines Morgens hielt ich bei einer Tankstelle an der Autobahn an, um vollzutanken, und während der Tankwart den Tank füllte, ging ich in den Shop, um irgendetwas zu suchen, das man besser hören könnte. Ich freute mich, als ich die Platinum Collection von Bowie fand, drei CDs, das Beste von 1969 bis 1974. Ich stieg wieder ins Auto, ließ den Motor an. Wir fuhren los, doch ich schaffte es nicht mal, die CDs auszupacken, weil der Russe auf dem Beifahrersitz, der mit den Kalaschnikows auf dem Unterarm, mir sie sofort von den Knien riss. Er sah die CD-Box wie ein seltsames Objekt an. Drehte sie hin und her. Sah mich an, dann das Foto auf der Hülle.

»Puuuh, schwul Musik …« Er ließ das Fenster runter und warf die CDs raus. Dann blickte er mich herausfordernd an. »Du schwul? Bist schwul? He, schwul? Schön, Giggi.«

Schließlich griff er mir mit einer Hand in die Eier, drückte so fest zu, dass mir das Blut ins Gesicht schoss, und ließ nur los, um eine ihrer CDs in den Player zu schieben. Ihr Gelächter vermischte sich mit der Musik, und alle drei fingen wieder an, aus voller Kehle zu singen. Ohne Erbarmen.

Mi fido di te
io mi fido di te
ehi, mi fido di te
cosa sei disposto a perdereeeeee …

Es waren zwei albtraumhafte Wochen. »Dies hier ist mein neuer Partner«, sagte ich zu allen meinen Lieferanten und zeigte auf Parenti. »Von jetzt an ist er für die Kontakte zuständig.«

Parenti war zufrieden, sogar glücklich. Ich bot ihm die Gelegenheit, in ein Geschäft einzusteigen, das ihm zwar nicht einen Dollar mehr einbringen würde (die Russenmafia rechnet in Dollar), es ihm aber erlaubte, in Italien zu bleiben. Er konnte Russland und die Russen nicht mehr ertragen. Doch Parenti hatte keinen Stil, und vor allem hatte er das schwierige Gleichgewicht auf dem Markt für manipulierte Lebensmittel nicht begriffen. Er achtete nur auf den Preis und würde Sardinien mit Superscheiße überschwemmen. Ich hütete mich, ihn darauf aufmerksam zu machen, dass das Spiel nur funktionierte, wenn die Superscheiße nicht mehr als zwanzig Prozent ausmachte. Der Rest musste normale Scheiße sein, ein Minimum an Qualität war notwendig, um dem Geschäft eine passable Tarnung zu geben. So, wie er die Produkte auswählte, würde er in spätestens ein paar Jahren ernsthafte Probleme bekommen, aber das war nicht mehr meine Sache.

Außerdem war Parenti ein Mann ohne Geschmack, grob und vulgär. Auf der Reise kamen wir jeden Tag in ein neues Hotel und ein neues Restaurant. Bei der Unterkunft ging er nicht über drei Sterne hinaus, und beim Essen entschied er sich immer für Trattorien, wo es große Portionen und Hauswein gab. Er und die Russen schlugen sich die Bäuche voll, ich stocherte im Essen herum und gab acht, mich nicht zu vergiften. Auch wenn meine Standards zum Teufel gegangen waren, auch wenn ich nur noch eine blasse Erinnerung an mein schottisches Wasser hatte, an die Bläschen, die am Gaumen perlten.

»Du solltest es ausnutzen«, platzte Parenti eines Tages heraus und zeigte auf einen Teller mit Fettucine in Sahnesoße mit Speck und Erbsen. »So gutes Zeug kriegst du in Russland nicht.«

»Zeug.« Er hatte ein passendes Wort genommen, doch ich sagte nichts. Ich beschränkte mich auf ein Nicken, und mein neuer Boss erging sich in einer Beschreibung der Schrecken der russischen Küche. Parenti erzählte mir oft von Sankt Petersburg, als wollte er mich auf eine Zukunft als Einwanderer vorbereiten.

Eines Abends, als er besonders wohlwollend mir gegenüber war, fragte ich Parenti aus reiner Neugier, wie es ihm vor Gericht ergangen sei.

»Freigesprochen«, antwortete er lakonisch.

»Wie war das denn möglich?«

Zu meiner großen Verwunderung sah ich, dass ihn so etwas wie Rührung ergriff. »Ilario hat mich gerettet. Er hat die ganze Schuld auf sich genommen.«

»Und wie ist es den Sambins ergangen?«

Aus Parentis Rührung wurde schlagartig Wut. »Du elender Scheißkerl traust dich wirklich, mich das zu fragen?«

Er war so wütend, dass er in dieser Nacht nicht zu den Huren ging, obwohl er an der Reihe war. Immer abwechselnd verließen er und die Russen das Hotel und amüsierten sich mit den örtlichen Nutten. Bei mir war an Sex nicht mal zu denken. Seit Parenti in mein Leben hereingeplatzt war, hatte ich keine Erektion mehr gehabt. Es war die Angst, die Unsicherheit, die Furcht vor dem Sprung ins Ungewisse. Doch ich war Gigi Vianello, und ich würde es schaffen, koste es, was es wolle. Das dachte ich jedenfalls.

Der letzte Lieferant war ein Großhändler für Dosenfleisch in der Emilia Romagna. Ein echter Profi auf seinem Gebiet. Auch wenn er wegen einer Großlieferung, die für ein Land in Mittelamerika bestimmt war und von einem internationalen Projekt finanziert wurde, Probleme gehabt hatte, weil sich die Dosen nach einigen Wochen durch die sich entwickelnden Fäulnisgase zu deformieren begonnen hatten. Doch er hatte die Krise schnell überwunden und seine illegalen Schlachthöfe wieder beschäftigt. Er war in der Lage, Ware zu liefern, die sich als hochwertiges Fleisch mit Gütesiegel verkaufen ließ. Ich war sein »schottisches Lammfilet« bei einem Haufen Restaurants losgeworden. Als das Geschäft abgeschlossen war, stiegen wir wieder ins Auto, und zum ersten Mal auf dieser Reise war der Moment für die Frage gekommen, die ich am liebsten nie gestellt hätte: »Und wohin fahren wir jetzt?«

Parenti grinste. »Nach Genua«, antwortete er. »Da wartet ein Schiff auf dich.«

Als ich mich nach Sankt Petersburg einschiffte, hieß ich nicht mehr Gigi Vianello, sondern Giusto De Rienzo. Vor- und Zuname meines gefälschten Passes, den Parenti in der Nacht unseres Zusammentreffens auf Sardinien in meinem Koffer gefunden hatte. Mein echter Pass, der Personalausweis, der Führerschein, die Kreditkarten, die EC-Karte und die Handys waren in den Taschen dieses Gangsters gelandet, der auch meinen Cayenne für sich behalten hatte. An Bord des Schiffs (ein schrottiger Kahn, der offiziell Phosphate transportierte, aber da er der Russenmafia gehörte, konnte man daran zweifeln, ob er sich darauf beschränkte) war ich nur mit meinem falschen Pass und ohne einen Cent in der Tasche gestiegen. Ich hatte noch ein paar gute Anzüge, die ich bei den Treffen mit meinen Exlieferanten zwecks Übergabe der Geschäfte an Parenti angezogen hatte, aber für die Temperaturen, die mich erwarteten, waren sie zu dünn.

Und ich sah auch nicht gerade gut aus. Es war ein Sommer gewesen, in dem ich mich nicht damit beschäftigen konnte, mich zu bräunen, in ein Wellness-Center war ich auch seit vielen Monaten nicht gekommen, und die ersten deutlichen Falten zeigten sich auf meinem Gesicht. Giusto De Rienzo war die vergilbte und zerknitterte Kopie von Gigi Vianello. Da bestanden kaum Ähnlichkeiten.

Während dieses Wrack durchs Mittelmeer schipperte, um mich meinem Ziel näher zu bringen, hatte mein Verfall eingesetzt. Als es sich durch die schwarzen Wellen des Atlantiks kämpfte, war der Auflösungsprozess schon weit fortgeschritten. Und als es die Nordsee und schließlich die Ostsee erreichte, war ich nur noch ein Schatten des Mannes, der ich einmal gewesen war. Während der Reise aß ich lediglich das Nötigste und versuchte aus der Unmenge Konserven, die der Koch, der einzige Italiener an Bord, ein Sizilianer, so hager wie eine Lakritzstange, für die Mannschaft heiß machte, etwas auszuwählen. Obsessiv kontrollierte ich die Vorratskammer, las immer wieder die Liste der Inhaltsstoffe des essbaren Breis, den man in diese Behältnisse aus Blech und Karton gestopft hatte. Doch auf manchen stand nur etwas in Kyrillisch, auf anderen in Chinesisch, auf einigen nichts. Einfach nichts.

Ich reduzierte meine Aktivitäten auf ein Minimum, je weniger ich verbrauchte, desto weniger Nahrung benötigte ich. Ich blieb reglos auf dem Feldbett liegen und besah mir die durchfallfarben verschalte Decke, die den Rauch von tausend Zigaretten und Zigarren aufgenommen hatte. Ich stand nur auf, wenn ich den Geruch der mit Salz imprägnierten und mit gelblichen Flecken unzweifelhaften Ursprungs übersäten Matratze nicht mehr ertrug.

Im Fernsehraum kommandierte die Mannschaft. Und die Auswahl der Programme ging ausschließlich in drei Richtungen: Pornofilme, amerikanische Actionfilme und – mit tödlicher Sicherheit – diese Sendung, bei der man eine Gruppe von Leuten in ein Haus einschließt und die Kameras jeden Augenblick ihres Tages verfolgen. Die Seeleute waren ganz versessen darauf und verpassten keine Folge, auch wenn – je nach den Ländern, deren Küsten wir passierten – die Protagonisten wechselten: Das Drehbuch blieb immer gleich.

Der stille Star in Italien war eine kleine Japanerin mit falschem Busen, in Spanien hatten sie eine knackige Marokkanerin ausgesucht. In Portugal war ein lokaler Sänger, der schon bessere Zeiten gesehen hatte, ins Haus gesteckt worden, in Frankreich dagegen einer, der auf der Bühne noch viel zu bieten hatte, aber gehörig dem Alkohol zusprach. In England kam es zur Teestunde zum Rassenkonflikt zwischen einer Waliserin mit Mandelaugen und einer Indochinesin, die Miss Südostasien gewesen war. In Dänemark war der Typ, der schmachvoll aus dem Haus geworfen wurde, wach geworden und hatte sich den Fernsehkameras gezeigt, ohne zu merken, dass ihm ein Hoden aus der schlaffen Unterhose baumelte.

Die Seeleute waren verrückt nach dieser Komödie, und eines Tages, auf der Höhe von Schweden, wäre es fast zu einer Schlägerei gekommen, als der Fernseher mit blauem Bildschirm und weißer Schrift verkündete, dass die Karte des Satellitendecoders in diesem Sendegebiet nicht gültig sei. Die Mannschaft rastete aus und richtete ihre Wut gegen die Schifffahrtsgesellschaft, die auf diesem Kutter durch den Kapitän und seinen Vize repräsentiert wurde, die sich damit verteidigten, dass sie den Koch beschuldigten und schworen, sie hätten ihm die neue Karte gegeben.

Und während alle herumliefen und sich gegenseitig Vorwürfe machten und schrien und geiferten wie Hunde kurz vor der Attacke, blieb ich wie weggetreten vor dem bläulichen Bildschirm sitzen, der das Bild eines heruntergekommenen und verblödeten Mannes zeigte: Sein Rücken war krumm, die Arme hingen wie leblos am Stuhl herunter, und der magere Hals lugte wacklig aus dem zu großen Pullover hervor. Dieser Mann war ich. Doch das dauerte nur eine Sekunde, war nur eine aufblitzende Vision, denn der Fernseher zeigte schon wieder die Gäste in jenem großen Haus, die sich lachend um einen Swimmingpool herum gruppiert hatten. Auch der plötzlich wieder aufgetauchte Koch hatte gelacht, als er, begleitet von vielen Flüchen, die Karte einschob. Eine Schöpfkelle schwenkend, hatte er der ganzen Bande gedroht: »Benehmt euch, sonst vergifte ich euch heute Abend alle.« Und mir hatte er zugezwinkert.

Von da an vermied ich es, mich im Spiegel anzusehen. Ich vermied es, meinem Blick zu begegnen, mich zu mustern und neue hässliche Veränderungen zu entdecken. Ein Bart begann mir die Wangen zu verunzieren, denn was mir da wuchs, waren keine Härchen, sondern eklige Büschel. Ich beschloss zum ersten Mal in meinem Leben, mich nicht mehr zu rasieren. Jedenfalls für die Dauer dieser Zwangskreuzfahrt. Damit verfolgte ich zwei Ziele. Erstens: nicht das Risiko einzugehen, bei den Seeleuten mit meinem Gesicht eines netten Rockstars seltsame Gelüste zu wecken. Zweitens: nicht im Strudel eines ausweglosen depressiven Zustands zu versinken. Der Spiegel auf dem Klo dieses Handelsschiffs zeigte ein Bild von mir, das ich nicht lange hätte ertragen können. Im Lichtkegel einer schmutzigen Lampe sah ich noch mehr wie ein Gespenst aus. Die Augen wirkten noch dunkler. Die Wangen noch eingefallener. Dieser im Laufe der Jahre deformierte Spiegel hatte die gleiche Macht wie Zerrspiegel auf der Kirmes. Jeder Glaser weiß, dass alles auf dem Wechsel von konkav und konvex beruht. Ein banales Spiel von Krümmung und Brechung verändert die Formen. Sie machen dich zum Zwerg, und du lachst. Sie machen dich fett, und du lachst. Sie machen dich riesengroß, und du lachst, weil du weißt, dass du, wenn du aus diesem Spiegellabyrinth herauskommst, genauso wie vorher bist. Ich dagegen würde nie mehr so wie vorher sein. Und da gab es rein gar nichts zu lachen.

Also besser, sich überhaupt nicht anzusehen. Die Technik hieß: Vernebelung der Realität. Was man nicht sieht, lässt einen nicht leiden.

Ich überlegte, ob man dieses Schiff mit einem Gefängnis vergleichen könnte. Im Grunde war es ein schwimmender Kerker, der mich zum Schafott brachte. Ich wusste nicht, was Parenti sich für meine Ankunft ausgedacht hatte. Doch bestimmt hatte er keine glänzende Zukunft, kein Eldorado für mich vorbereitet. Ich dachte, dass mein Leben, wenn ich nicht sofort sterben würde, wenn sie mich nicht umbringen würden, nachdem sie mich für irgendeinen schmutzigen Job gebraucht hätten, unter ständiger Überwachung verlaufen würde. Kontrolliert von Parenti und seinen russischen Partnern. Ein Sklave, ein Diener, mehr nicht.

Ich war zu alledem nicht bereit. Nicht einmal jetzt, wo ich derart runtergekommen in einem Paar Breitcordhosen steckte.

»Nimm, schön Giggi«, hatte der tätowierte Bodyguard gesagt, als er sie mir wie ein Stück Lumpen zuwarf, kurz bevor ich in Genua an Bord ging. »Nimm. Wo hingehst, jetzt kein Sonne, njet Sonne … kein warm, njet warm …«

Während ich die Hosen anzog, hatte er nicht aufgehört, mich zu quälen: »Sind Prada, Prada für schön Giggi, immer mehr schön.« Und er lachte und stieß seinen Kumpel mit dem Ellbogen an. Dann hatte er mir einen Rollkragenpullover aus grober Wolle gegeben. »Und das Dolce & Gabbana, bist wunderschön, ich schwöre.«

Ich gönnte ihm nicht die Befriedigung, ihm zu sagen, dass die Sachen nach Naphthalin stanken und der Mantel, den sie mir als Letztes zuwarfen, den Geruch des Todes hatte. Ich hatte alles still angezogen, wie die Uniform eines Verurteilten.

Die Reise war ein Albtraum, aber nichts im Vergleich zur Ankunft in Sankt Petersburg. Ich kam ohne Probleme an Land, jeder, der im Hafen eine Uniform trug, stand wohl auf der Gehaltsliste der Freunde von Parenti. Ein Typ erwartete mich in einer japanischen Limousine, mit dem Daumen gab er mir ein Zeichen, mich hinten reinzusetzen. Die Fahrt war lang, und wir wechselten kein Wort, der Verkehr in dieser Stadt war chaotischer als alles, was ich je erlebt hatte. Das Auto fuhr auf den Hof eines vor Kurzem renovierten Gebäudes. Der Typ stieg aus und brachte mich in den dritten Stock, nachdem er den Portier – einen brutal aussehenden Kerl mit niedriger Stirn in einer schlecht sitzenden schwarzen Uniform, eingeschlossen in einer Loge aus schusssicherem Glas – freundlich gegrüßt hatte. Mein Fahrer streckte den Zeigefinger aus, klingelte und machte auf dem Absatz kehrt, ging weg, ohne sich zu verabschieden. In diesem Moment war ich nur neugierig. Ich lebte noch, die furchtbaren Seeleute auf dem Schiff hatten mich nicht gefickt, und nach dem Aussehen des Gebäudes zu urteilen, war ich nicht unbedingt in einem heruntergekommenen Viertel gelandet. Meine Erwartungen erstreckten sich inzwischen auf die Mindeststandards des Überlebens. Kopf unversehrt, Hintern intakt.

Ich hörte, wie am Schloss herumgewirtschaftet wurde, dann öffnete sich die Tür.

Mir gegenüber stand eine Frau. Jung, aber fett und schlampig. Das aufgedunsene Gesicht meinte ich schon mal irgendwo gesehen zu haben, aber Russinnen hatte ich nie gekannt.

Die Frau fixierte mich einige Sekunden lang mit einem ganz und gar nicht wohlmeinenden Ausdruck. »Arschloch«, begrüßte sie mich in perfektem Italienisch.

Die Stimme und der venezianische Tonfall waren unverkennbar, und in diesem Moment begriff ich, wie erbarmungslos Parentis Rache war.

»Scheiße, Sabrina Sambin«, flüsterte ich bestürzt.

Sie packte mich am Kragen und zog mich mit einem heftigen Ruck nach drinnen. »Papa erwartet dich.«

Ilario, der Boss, das Familienoberhaupt, war nicht mehr derselbe. Auch er nicht. Ein Schlaganfall hatte ihn in der Mitte zerhackt und sich seine rechte Körperhälfte gekrallt. Er musterte mich mit dem linken Auge, ließ es mehrmals von oben nach unten wandern. Er gab mir ein Zeichen, näher an den Sessel zu treten, als wollte er mir etwas sagen. »Scheißkerl«, nuschelte er mit Mühe und schwenkte den Stock, auf den er sich mit der linken Hand stützte.

»Mama ist gestorben«, verkündete Sabrina ausdruckslos. »Sie hat das Schränkchen im Badezimmer leergemacht und sich umgebracht.«

»Scheißkerl«, sagte Ilario noch einmal.

»Und weißt du, wann das passiert ist?«, fragte meine ehemalige Verlobte.

Ich schüttelte den Kopf.

»Als Papa und ich im Gefängnis waren.«

»Tut mir leid«, murmelte ich und beobachtete besorgt, dass Sabrina sich ein Paar Lederhandschuhe anzog.

»Als Papa das gehört hat, hat ihn der Schlag getroffen. Er und Mama haben sich sehr geliebt.«

»Tut mir leid.«

»Mir dagegen hat das Gefängnis gutgetan. Ich habe ein paar Kilo zugenommen und gelernt, wie man Arschlöcher fertigmacht«, fuhr sie fort und streckte eine Hand zu ihrem Vater aus, der ihr den Stock gab. »Und du bist das größte Arschloch von allen, du hast unser Leben ruiniert. Wenn Parenti uns nicht hierhergebracht hätte, wären wir auf der Straße gelandet und hätten betteln müssen.«

Sie fing an, mich zu schlagen. Sie schlug mit irrsinniger Kraft zu, und das Letzte, was ich sah, war Ilario Sambin, der in die Hände klatschte wie ein glücklicher Schimpanse, während ihm der Geifer aus einem Mundwinkel tropfte.

Sieben Monate später

Vollgepumpt mit chinesischem Viagra und festgekrallt in ihren fetten Schultern, mühte ich mich in der Hoffnung ab, sie würde sich mit dem Kommen beeilen. Das Zeichen für den sich nähernden Orgasmus war die Frage: »Bin ich noch schön, he? Sag es, los, sag es.« Doch an diesem Tag dauerte es, und ich fürchtete ernsthaft, es nicht zu schaffen.

»Irgendetwas nicht in Ordnung, Schatz?«, fragte ich vorsichtig.

»Sei ruhig und fick mich«, befahl sie, doch nach ein paar Sekunden fügte sie hinzu: »In einer Woche kommt Parenti. Er hat heute Morgen angerufen.«

Ich spitzte die Ohren. »Warum macht dich die Nachricht so nervös?«

»Weil er diese beiden Gorillas mitbringt. Die sind wie Tiere und machen alles schmutzig.«

Die Neuigkeit löste bei mir einen Adrenalinstoß aus, ich packte Sabrina bei den Haaren und strengte mich zum ersten Mal richtig an.

»Du tust mir weh«, protestierte sie.

Ich ignorierte sie und machte immer schneller. Wütend. Ich dachte an Parenti. Mir schien, dass er es war, unter mir.

Zum Schluss, als ich vom Bett aufstand, merkte ich, dass Sabrina einen Flunsch zog. »Was ist los?«, fragte ich.

»Du hast mir nicht gesagt, dass ich schön bin«, jammerte sie. »Du weißt, dass ich nicht komme, wenn du mir das nicht sagst.«

Ich sah sie an. Im Gefängnis war sie fresssüchtig geworden und hatte sich in ein Monster verwandelt. Ihr Körper war eine endlose Folge von Fettwülsten. Sie sah aus wie ein Shar-Pei von achtundneunzig Kilo.

»Entschuldige«, beeilte ich mich zu sagen und schlüpfte durch die Tür ins Bad, weil ich Angst hatte, sie würde noch einmal wollen. Sie zu ficken war ein echter Verzweiflungsakt. Ich hatte mich ins Zeug legen müssen, ihren Hass zu durchbrechen und in ihr Bett zu kommen. Aber ich hatte gleich kapiert, dass dies für mich die einzige Möglichkeit der Rettung war. Beinahe einen Monat hatte ich gebraucht, mich von den Stockschlägen zu erholen, und mein Gesicht war nicht mehr wie früher. Narben auf der Lippe, dem Augenbrauenbogen und der Stirn. Und auch mein berühmtes Lächeln war nur noch Erinnerung, denn mir fehlten ein paar Zähne. Nichts, was ein plastischer Chirurg und ein Zahnarzt nicht richten könnten. Doch nicht, solange ich Sklave der Sambins war. Am Anfang, bevor ich das Herz dieser Irrsinnigen zurückeroberte, hatte ich mich um den Vater kümmern müssen. Ich pflegte ihn, und die Aussicht, ihm noch jahrelang den Hintern abputzen zu müssen, hatte mich die Kraft finden lassen, mich angesichts des aufgedunsenen Körpers der Tochter zu erregen. Dann war ich, dank ihrer Fürsprache, zum »Arbeiten« geschickt worden. Der Vater war dagegen, doch Sabrina hatte kapiert, dass ich der einzige Mann auf der Welt war, der sich zwischen ihre Beine wagte, und zum Schluss war es ihr gelungen, ihn zu überzeugen.

Die Sambins hatten sich darauf spezialisiert, Touristen auszunehmen, die auf den Kreuzfahrtschiffen ankamen. Der geniale alte Ilario hatte einen falschen Kaviar erfunden, der aus zerkochtem Reis, vermischt mit der Tinte vom Tintenfisch, gemacht wurde. Und die Touristen fielen reihenweise darauf herein. Vor allem die Italiener, die nur interessierte, den niedrigsten Preis auszuhandeln, um sich gegenüber den anderen Reisenden brüsten zu können. Wenige von ihnen hatten je echten Kaviar gegessen oder gar von den Qualitätsunterschieden zwischen Sevruga, Beluga oder Asetra gehört. Sie waren höchstens an den Geschmack von Seehasenrogen aus dem Supermarkt gewöhnt, und man konnte sie leicht einwickeln. Parentis Mafiafreunde ließen die Sambins gegen eine Beteiligung von zehn Prozent gewähren.

Als ich aus dem Haus herauskam und im Hafen verkehrte, stellte sich bei mir nach und nach auch wieder die Lust ein, das Weite zu suchen und mir ein neues Leben aufzubauen. Eine beeindruckende Zahl von Schiffen legte hier jeden Tag an oder stach wieder in See, und Korruption war so verbreitet, dass es das kleinste Problem war, eine illegale Überfahrt zu finden. Ich hatte drei sehr viel ernstere Probleme zu lösen: Pass, Geld und Parenti und die Sambins. Am Anfang dachte ich, dass es noch ein viertes gäbe: die Mafiabande, zu der Parenti gehörte. Doch dann begriff ich, dass ich für sie nur ein Sklave der Italiener war. Wenn ich nicht auf Kollisionskurs zu ihren

Interessen ging, würden sie mich in Ruhe lassen. Mehr als fünf Monate lang hatte ich mir auf der Suche nach einer Lösung das Hirn zermartert, doch ich fand keine, weil ich die Probleme getrennt betrachtete. Als ich dann eines Abends beobachtete, wie Sabrina die Suppe in sich hineinschlang, während ihr Vater sie durch einen Strohhalm saugte, nahm der Plan in meinem Kopf Gestalt an.

Mein falscher Pass lag gut verwahrt in einer Schreibtischschublade, und an Bargeld und harter Währung gab es immer eine schöne Reserve. Außerdem war da der Schmuck der verstorbenen Signora Sambin und der von Sabrina. Ein ganz nettes Vermögen in Edelsteinen und Gold.

Es ging darum, den Moment abzuwarten, wenn Parenti, die Sambins und die beiden Gorillas um den Esstisch herum versammelt waren, und sie zu töten. Alle fünf. Mit Gift. Kein Blut, keine Tätlichkeiten, keine Waffen. Eine schöne Arsensuppe oder vielleicht etwas Raffinierteres. Im Grunde waren die Russen Meister auf diesem Gebiet, doch ich wusste schon, dass ich ein klassisches Mäusegift nehmen würde, eines auf der Basis von Brodifacoum, das einem den Magen austrocknet, bevor man unter tausend Schmerzen und Krämpfen stirbt. Und ich würde ihnen beim Sterben zusehen. Um nichts in der Welt würde ich mir das Schauspiel entgehen lassen, und dann würde ich mit Schmuck und Pass für immer verschwinden.

Ein Plan, der beste Erfolgsaussichten hatte, nur dass Parenti, dieses Arschloch, sich nicht entscheiden konnte, nach Sankt Petersburg zurückzukommen. Offensichtlich liefen die Geschäfte auf Sardinien gut, und er genoss meine perfekte Welt. Doch jetzt würde er in einer

Woche da sein, was mir genug Zeit ließ, ein geeignetes Schiff zu finden und mich mit dem Kapitän über meine Flucht zu verständigen. Zusammen mit Parenti auch die beiden Russen zu vergiften bedeutete für mich, alle Personen zu eliminieren, die wussten, wo ich Mariuccia vergraben hatte. Sobald die Mafiafreunde Parentis die Leichen entdeckten, würden sie sie verschwinden lassen und die Wohnung leer räumen, um sie dann einem anderen Mitglied zu geben. So funktionierte das hier.

»Geh arbeiten, du Idiot«, tönte Sabrina und holte mich zurück in die Realität.

Ich schenkte ihr ein höfliches Lächeln. »Entschuldige noch einmal«, sagte ich, besah mir ihre kräftige Figur und überlegte, wie viel Mäusegift wohl nötig wäre, um sie umzubringen.

An diesem Tag nahm ich nicht den Bus, um in den Hafen zu gelangen. Die Vorstellung, dass ich bald ein freier Mann sein würde, erregte mich zu sehr. Mit einem seligen Lächeln auf den Lippen ging ich durch die Straßen von Sankt Petersburg und dachte über diese Stadt nach, die ihren Namen hatte ändern müssen, um zu ihrer wahren Identität zurückzukehren. Zuerst Leningrad und schließlich erneut Sankt Petersburg. Ich musste fast lachen, weil ich mir sicher war, dass ich zwar noch eine kurze Zeit Giusto De Rienzo sein musste, aber dann bald wieder Gigi Vianello sein würde.

Ich betrat die beheizte Galerie des Einkaufszentrums, klopfte den Schnee ab, der sich an meinem langen Daunenmantel festgesetzt hatte, zog die Handschuhe aus, nahm den Kolpak ab, der meinen Kopf bedeckte und mir fast bis auf die Augen ging. Die Narben waren deutlich zu sehen, doch irgendetwas in mir begann sich zu ändern: Eine Frau stieß eine andere mit dem Ellbogen an, während sie mich ansahen, und ich verstand, dass sie über meine Augen redeten. Ich lächelte, und sie brachen in Lachen aus.

Ich ging weiter den von bunten Schaufenstern gesäumten spiegelblanken Gang hinunter und pfiff die Melodie mit, die aus Lautsprechern zwischen den falschen griechischen Kapitellen des kleinen zentralen Platzes kam, wo die Pizzeria *Bella Italia*, die französische Crêperie, das Chinarestaurant, das argentinische Steakhouse und der preiswerte CD-Laden lagen. So, wie in allen Städten der Welt.

Und mir gefiel es, dieses Lied zu pfeifen, das die Einkaufspassage erfüllte. Ich fand, es klang wie eine Glücksmelodie. Auch wenn ich das Stück nicht kannte, auch wenn es nicht von David war, meinem berühmteren, reicheren, vom Schicksal begünstigteren Doppelgänger. Ich ging zwischen den Regalen des Supermarkts umher, suchte nach den richtigen Gewürzen und Zutaten, mit denen sich Geruch und Geschmack des Giftes überdecken ließen. Als ich herauskam, hatte es wieder angefangen zu schneien. Ich steckte die Tüte mit den Gewürzen in eine Tasche meines Daunenmantels und wandte mich der Bushaltestelle zu.

Wenn mein Leben ein Film gewesen wäre. Wenn dies die Szene eines Films gewesen wäre, hätte jetzt die Filmmusik eingesetzt, um die Bilderfolge abzuschließen. Eine beruhigende Melodie, ein optimistisches Lied, das von grünen Bäumen und roten Rosen erzählt, von Freunden, die sich die Hand geben und »wie geht's?« fragen, doch eigentlich »ich liebe dich« sagen wollen. *What a Wonderful World*, gesungen von Louis Armstrong mit seiner heiseren Stimme. Doch dies war kein Film, und es gab keine Musik. Nur den hysterischen, ohrenbetäubenden Lärm von tausend Hupen.

Der englische Text auf S. 158 ist eine Strophe von David Bowies Song *Criminal World*.

Der italienische Text auf S. 200–202 ist eine Strophe von *Mi fido di te* (Jovanotti-R. Onori-Jovanotti, © 2005 Soleluna / Universal Music Italia), von der CD *Buon sangue*.

Die Autoren danken Remo Renotti für den Abdruck seines Gedichts *Io me ne vado da Cagliari* auf S. 178–180.